アルファ同士の恋はままならない

ナツ之えだまめ

幻冬舎ルチル文庫

CONTENTS ✦目次✦

アルファ同士の恋はままならない

✦イラスト・金ひかる

✦カバーデザイン＝久保宏夏(omochi design)
✦ブックデザイン＝まるか工房

アルファ同士の恋はままならない

■薔薇の島

イタリアの南方に「薔薇の島《イーゾラ・ローザ》」と呼ばれる島がある。

穏やかな気候、オリーブとワインの恵みを受けた、島民二百人ほどのこの島は、カステリーニ家の持ち物だった。

マッシモは五歳。

「マッシモ、恐《こわ》くはないか？」

父親のミケーレはそう、マッシモに聞いた。

ミケーレとマッシモは野生馬の血を引く栗毛に乗っていた。馬は、あたたかな風の中を、どこまでも走っていった。

マッシモはミケーレの前に座り、鞍《くら》につけられた補助具にしがみついていた。父親そっくりのプラチナブロンドに青い瞳で、日本人である母親の面影《おもかげ》はほとんどない。

すでにマッシモは自分を産んでくれたのが紗栄子《さえこ》というミケーレの妻ではなく、別にいることを知っていた。

その人は、ひりつくような愛情を持っていた。限界まで苦しみながら、それでもミケーレを愛さずにはいられなかったことを、マッシモはわかっていた。

マッシモには、生まれてすぐの記憶がある。その人にマッシモは懇願した。

——離れないで。離さないで。

他人に話せば、そんなことなどあるはずないと、一笑に付されるのがオチだろう。だが、マッシモは自分の記憶に自信があった。あれは現実だ。実際にあったことだ。

マッシモは太腿《ふともも》で馬の背のあたたかみを感じていた。

ミケーレは抜群の腕を持つ乗り手だった。馬はミケーレのために走れることを誇りに思い、まだ揺られていることしかできない、小さな子どもが乗るのを許し、できる限りていねいに運んでくれた。

オリーブとブドウ。海は青く、港が見えている。

雲が浮かんでいる。地上の雲のように平地を横切っていくのは、羊の群れだ。先頭で跳ねているのは山羊《やぎ》だろう。いつも見るより、ほんの一メートルほど視線が上がっただけなのに、ずいぶんと眺めがいい。

丘の上で馬をとめると、ミケーレは話しだした。

「昔、私たちの先祖にはアルファやオメガという概念はなかった」

まるで、おとぎ話を語るみたいだった。

「だから、わからなかったんだ。どうして思いもかけない相手と深い縁を結んでしまうのか。なぜ、計画された結婚で満足できないのか。それが伴侶《はんりょ》というものの宿命であり、アルファとオメガには逃れられない愛だと知るのは、ずいぶんとあとになってのことだった」

運命には逆らえないんだよ。そう、ミケーレは言った。

肩ごしに振り向いたときに、マッシモはミケーレのけぶる青い瞳が、はるか遠くを見つめていることに気がついた。ここではない場所だ。

彼のその視線の先にいるのは、自分を産んだひと、仁科彼方《にしなかなた》に相違ないのだった。

「それは私たちアルファをからめとってしまう。どこまで逃げても」

ミケーレは自らと彼方のことを言っていたのだろう。

仁科彼方。

育ての母である紗栄子が常に気にかけ、ミケーレが求めてやまない存在。紗栄子の腹違いの弟。

マッシモはミケーレの言葉を聞きながら、馬の首を撫《な》でてやった。正直なところ、マッシモには、てんでわからなかった。

いつか、自分もその運命とやらに翻弄されるのだろうか。嵐のときのオリーブの葉のように、キリキリと空中を舞うのだろうか。

（やだなあ、そんなの）

そんなみっともないやり方は、この、マッシモ・ニシナ・カステリーニにふさわしくない。

（なんかさ。そう、ぼくらしくやりたいんだよね）

きっと、世界がぼくのために愛する人を授けてくれるよ。それが伴侶であってもなくてもかまわない。ぼくにぴったりの、唯一《ゆいいつ》の人だ。ぼくはそれを、「ありがとう」って言って受け取るんだ。

大丈夫。

だって、ぼくは特別。

アルファの中のアルファだから。

アルファとベータとオメガ。

この三つのバース性が現れてから数十年ほどになるのだが、きっともっと以前から実態はあったのに違いない。

——アルファは君臨し、ベータは生活し、オメガはアルファの子を身ごもる。

そのように一般的には言われている。

アルファはカリスマを持ち、政治や芸術、スポーツの分野などで活躍している者が多い。ヒト性の男女関係なく、アルファはオメガを懐胎《かいたい》させる能力を持つ。アルファは、アルファとオメガのカップルからのみ生まれる。

ベータはもっとも多い、いわゆる「一般」の人々だ。

そしてオメガ。

オメガはオメガとして生まれるのではない。ベータからオメガに変転する。そののちは、三ヶ月に一度の満月の夜、ヒト性にかかわらずオメガの子宮が発達し、ヒートと呼ばれる激烈な発情期を迎えることになる。この変転は不可逆であり、オメガになった者はベータに戻ることはない。

オメガ変転のトリガーのひとつは「運命の相手」と出会うことだ。彼らはアルファとオメガで一対であり、どんなに多くの人数の中でも相手を見抜くと言われている。このカップルは「伴侶」と呼ばれ、交合したのちは相手にしか欲情しなくなる。アルファはほかのオメガやベータに興味を示さなくなるし、オメガも自分のアルファにだけ欲情し、ヒート時のフェロモンも伴侶しか誘わなくなる。至高の絆《きずな》だ。

しかしながら数で言えば圧倒的に、特に相手もいないのに二十歳《はたち》前後で突然オメガ変転するケースのほうが多い。俗に言う「はぐれ」のオメガだ。

とはいえ、マッシモは「引きがいい」、すなわち、運命の相手に巡り合う確率が高い、カステリーニ家の出身。周囲は必ず伴侶が見つかるはずと決めてかかってくる。成長するにつれ、それが少々、マッシモには重く感じられるようになってくるのだった。

十年が過ぎた。

マッシモ・ニシナ・カステリーニにとって、十五回目の夏が来た。身長は先月、百六十を超し、まだ伸びている。

それでも、顔や身体つきはどこか幼さを残している。

マッシモは、父親と馬で駆けたあの丘の上にいる。彼はイーゼルを立てて油絵を描いていた。

「ふむ」

タブレットやパソコンのお絵かきソフトで描いたほうが、手っ取り早いのはわかっているのだが、マッシモは実体があるものが好きだった。筆を動かして絵の具を混ぜ、ペインティングオイルの匂いをかいでいると、絵が向こうからやってくる心地がする。ついつい、鼻歌がついて出る。のんびりした景色に、もこもこの羊。山羊が近くまでやってきた。こちらを見つめている。

「えーと」

マッシモは袋につめてきたおいしい草を手にすると立ち上がる。

「おいで、おいで。そうだよ、こっちに」

用心深く山羊を誘導する。ここで気を抜くと、山羊がスケッチ用の紙を食べてしまうのだ。

「いい子だね、マゼンタ。ほら。草のほうがおいしいからね」

マッシモには、全部の山羊の見分けがついている。そして、その一匹一匹に色の名前をつけていた。マゼンタ、セルリアン、スカーレット。

「はい、こっちこっち」

マッシモの後ろを山羊が、山羊の後ろを羊がついてくる。羊は日本語だと漢字の「群れる」に入っているように、いつも仲間といたがる。放っておくと動かず、草を食べ尽くしてしまう。なので、山羊を入れておくのだ。山羊は自由に歩き回るので、羊がそのあとについていってくれる。

「ふー、これでおっけーだね」

元の場所に戻ったのだが、気がそがれてしまった。

「まだ、なんにも見えないいんだよなあ」

思春期を迎え、そろそろもうちょっとは、なにかが見えてもよさそうなものなのに、マッシモには伴侶がわからない。どんなに目をこらしても、ヒントさえ浮かばないのだった。

運命ってどんな形をしているんだろう。出会ったら、雷に打たれたみたいになるのかしら。

父親であるミケーレは、黒髪のたおやかな人を求めていた。

おじであるルカは、青いドレスの人魚姫が自分の相手だと言っていた。

おのおの、その相手を求めて、異国を訪れ、強い絆で結ばれた。

だが、マッシモは違う。何もない。

「まあ、それに対してどうこう思っているわけじゃないんだけど」

そう言いながら、マッシモは絵の道具を片づけだした。今日は雲が出てきたし、午後からは用事がある。

もう、しまいにしよう。

それに、今日は早めに帰ってくるように言われている。

マッシモがこの島で暮らしている間、住んでいるのは領主の館《やかた》だ。数百年の歴史を持つ屋敷なのだがいかんせん大きすぎる。家族が住んでいるところと客を迎える箇所だけはリフォームが済ませてあるが、あとはあまりに広すぎて昔のままになっていた。

マッシモは家族が使っている庭園側の入り口から屋敷に入った。

「帰ったよー」

「お帰り、マッシモ。待ってたよ」

出迎えてくれたのは、黒髪のたおやかな人。彼方。マッシモの生みの親だ。

ヒト性で言えば男である彼方であるが、姉の婚約者であるミケーレによってオメガ変転してヒートが来て、マッシモを身ごもった。

いまはこの「薔薇の島」でミケーレいわく「蟄居《ちっきょ》」、ようは二人して島の外には出ないながらも仲睦《なかむつ》まじく暮らしている。

「ああ、マッシモ」

彼方に会った人は、その昔は王家にも繋《つな》がっていた、カステリーニ家の当主たるミケーレがぞっこんなのを見て、いったいどうしてこの人にと疑問を持つ。だが、彼方と話し、彼の言葉が、微笑《ほほえ》みが、眼差《まなざ》しが深く入り込んでくることを知り、なるほどと納得する。彼方は、そういう人なのだった。

そしてもちろん、マッシモも彼方を限りなく愛していた。

「彼方、ただいま」

彼の頰《ほお》にキスをしたマッシモは、彼方が浮かない顔なのを見て、なにを言いたいのか悟った。

「今ね、マッチングの結果が出たんだけど……」

「うん」

「ミケーレが、自分から話すからって」

少し面倒くさいなあと思わないでもなかった。もう、どうせわかってるんだから。

だが、「いい子」であるマッシモはおとなしく彼方のあとについていく。廊下の壁に掛けられたご先祖の肖像画がマッシモを気の毒そうに見つめていた。

天井からシャンデリアが下がっている領主の間ではいかめしすぎるので、家族はふだんは食堂で集合する。

分厚いオリーブの板を組み合わせて作られたテーブル。領主の館で働く人間が百人ほどもいた時代、一斉《いっせい》に食事をとることができる大きさがある。今は、ここで働く人たちは村から通ってきているので、食堂がいっぱいになるのはオリーブとブドウの収穫時期だけだった。

テーブルの端にはミケーレが座っていた。背が高く頑強な胸板をした、マッシモの父親。

カステリーニ家の当主だ。

「マッシモ」

彼はじつに悲しそうな顔をしていた。

「マッシモ。AOMS《アオムス》の結果が返ってきたんだ」

AOMSというのは、アルファオメガの適合を調べるシステムだ。希望者は自分のフェロモン、正確には脇の下をぬぐった綿棒を提出する。そのにおいは分析され、化学式となり、〇一データに変換されてシステムに登録される。そして、複雑な演算を経て伴侶を選び出す。このアルファオメガ・マッチングシステム、AOMS、通称「キューピッドの愛の矢」によって、伴侶が見つかる確率は以前よりは増えていた。とは言ってもそれは、砂漠にじょうろで水を撒《ま》く程度のもので、今でも伴侶に会えないまま一生を過ごす者のほうが圧倒的に多い。ちなみにこのシステム分析が開発されたのは、マッシモのおじに当たるルカのいた、東京は帝都《ていと》大学の研究室でだったりする。

研究サンプルにはルカの、そして彼方のものも入っているはずだ。

もちろん、マッシモもすでにこのシステムに登録している。なんなら、毎年登録し直している。

十二歳からこっち、三ヶ月に一度、全世界でマッチングが行われ、そのたびに「マッチングなし」の結果が返ってくる。いい加減、それにも慣れたし、もとよりがっかりもしていない。

「あー、マッシモ。座りなさい」

「はい、ミケーレ」

そう言うと、マッシモはミケーレのとなりの椅子《いす》に座る。この椅子は大きくてごつくて、マッシモはようやくつまさきが届くようになったところなのだが、ミケーレは足をあまらせていた。このように立派な体格で、島民には領主として慕われ、外交においてはワイヤープラー、人々を陰で操る傀儡師《くぐつし》とおそれられているというのに、家族、とくに彼方に関しては、てんで弱いところがある。

ミケーレのそういうところを可愛いなあとマッシモは思う。

おそらくマッシモは、ミケーレを心底はこわがらないこの世で二番目の人間だろう。一番はもちろん彼方だ。彼方は、自分では気がついていないかもしれないが、おのれがミケーレの絶対であることを確信して強気に出る。

そう。彼方はミケーレがいなくても生きていけるが、ミケーレは彼方がいなければ生きていけない。彼らのあいだの力の均衡は、このようであって、それは打ち破れるものではない。

これが、アルファとオメガの運命というのなら。

まさしく二人は運命によって、出会い、今の関係を与えられたのだ。

「あー、マッシモ。そのだな」

マッシモはミケーレを見つめつつ、次のことばを待っていた。もう、早く言ってしまえばいいのに。深いキャラメル色のテーブルの上には、一枚の紙。そこに書いてあろうことなど、マッシモにはとうにわかっているのだから。

「まあ、なんだ」

彼方が、ミケーレなにやってるんだよと言いたげにかたわらに立ち、やきもきしている。

「あれだ」

マッシモはとうとう、助け船を出すことにした。

「うん、またマッチングの相手がいなかったんだよね？」

びくっと、ミケーレと彼方が反応した。

「いや、でも、悲観することはない。マッシモはまだ十五なのだし、フェロモンが弱いという可能性もおおいにある」

「うん、まあね」

ミケーレの背後に立った彼方も、ミケーレに口添えする。

「そうだよ。マッチングに参加していないオメガだっているんだし。もしかして、まだオメガ変転していないだけかもしれない」

「うん、そうだね」

その表情をやめて、と、マッシモはいつも思う。『今回もマッチングの相手がいなかった』と告げるときの、ミケーレと彼方の悲壮な顔つきときたら。知らない人が見たのなら、この二人は医師で、マッシモに余命を告げているとでも思ったのに違いない。

「あの。ぼく、あんまり、気にしてないから」

そう言っても、二人はそれをマッシモの強がりと信じてやまない。ミケーレが力説する。

「希望を捨てないで、生きていくんだ。これからなんだから」

「ああ、うん」

彼方も応援してくれた。

「そうだよ、マッシモ。マッシモはかっこいいんだからね」

二人が心からマッシモのことを心配してくれていることが伝わってくるだけに、なんともいえない気持ちになってくる。

「そうだね……。希望は捨ててないよ……」

はあ、と、心中でためいきをつきながらも、マッシモは神妙な顔つきで答える。続いて思わず、口をついて出た。

「伴侶が見つかるって、そんなにだいじなことかな」

だが、それはまったくもって、よけいであり、言わずもがなのことであった。

ミケーレの演説が始まる。

「そうだ、マッシモ。太陽に照らされないオリーブがしおれるように、伴侶にめぐりあえないアルファは満たされないのだ。やがて、朽《く》ちてしまうだろう」

「もう、ミケーレってば、おおげさだよ」

そう言いながらも、彼方はまんざらでもない様子だ。ミケーレがむきになった。

「彼方は？　彼方はそう思ってはくれないのか？」

「もちろん、思ってるよ。ミケーレと長く仲違《なかたが》いしていたときには、生きていないのと同然だったよ」

「彼方……」

そろーりとマッシモは椅子から腰を浮かす。組木細工の床に足音を立てないようにして、そうっと、食堂から廊下に出た。

「まったく、あの二人は」

ミケーレと彼方は、なにかというと、いかにアルファとオメガがすばらしいか、伴侶というものがすてきなものか、繰り返して聞かせる。

もしかしたら。

あの二人はあの盛大なのろけをかますために、ぼくをだしにしているんじゃないかしら。

そうあやぶみながら、マッシモは裏手にある庭園に足を踏みいれた。

暑いこの季節、木陰になったところで、何種類かの薔薇《ばら》が咲いている。

「もう、ミケーレも彼方も。ぼくを不幸だって決めてかかってくるんだから」

こんなにいい天気で。

自分はカステリーニの長男で。

『君臨する』アルファで。

健全な肉体とそれなりの容姿と欧州各学校の入学試験に余裕で合格する頭脳を持ち。

なんの不満があるだろうか。

それに、今日はデートだ。デートは楽しいものだ。

相手の顔を思うとマッシモの唇には笑みが浮かぶ。どうやって楽しませてあげようかな。

マッシモは剪定《せんてい》ばさみを手にすると、薔薇を選び始めた。

「今日の薔薇は六本」

どれにしよう。エリーゼにはピンクの八重《やえ》咲き、リーファンには白の一重《ひとえ》、それから……。

選びながら、マッシモは思い出していた。

——薔薇はこんなにきれいなのに、糞《ふん》が好きなんだ。スカトロ趣味なんだよ。

そう言ったのは、いつもどうしようもないことばかりを教えてくれるクレモンだった。

煙草《たばこ》の匂いがして、マッシモは顔をしかめる。ミケーレはたまに葉巻を吸うけれど、それは書斎に限られていて、こんなふうに庭園で隠れて吸うなんてお行儀の悪いことはしない。

それにこれはジタンの香り。フランスの紙巻き煙草だ。ジタンを吸うのは、この島では一人きりだ。

「もう」

そう言いながら茂みをかき分けると、そこではクレモンがしゃがみこんで煙草を吸っていた。足元にはいくつもの吸い殻がある。

「クレモン。こんなところで隠れて煙草なんて。ちゃんと吸い殻ひろってよ？」

クレモンは、彼方の腹違いの姉、自分を育ててくれた紗栄子の今の夫だ。はちみつ色の髪にライムの瞳。身分は侯爵《こうしゃく》。

「うるさい小僧だな」

元プレイボーイ、女性をたらしこんで爵位《しゃくい》を手に入れたと噂《うわさ》されるクレモンの評判は、社交界では決して芳《かんば》しくない。けれど、マッシモはクレモンのことが嫌いじゃなかった。なんと言ってもクレモンは、紗栄子を幸せにしてくれた。

クレモンといっしょにいるとき、紗栄子はとても生き生きしている。笑ったり泣いたり、嫉妬《しっと》したり、あてこすったり、コケティッシュになったり、たいへんに忙しい。

そんな紗栄子に、これでもクレモンはぞっこんだ。元プレイボーイもすっかりなりをひそめている。

「なんでこんなところにいるの」

「紗栄子の機嫌が悪い」

むっつりとクレモンは言った。マッシモはあきれる。

「だからって、こんなところで吸わなくてもいいじゃない。園丁《えんてい》にまた怒られるんだからね」

「俺のことはいいから、おまえはどうなんだ」

「ぼく?」

マッシモはクレモンに袋を渡した。絵を描くときの山羊対策に、おいしい草を入れていたものだ。クレモンは不承不承ながら、吸い殻を拾いはじめた。

「そうだぞ。見てたらなんだよ。毎日、違う相手とデートして。とんだプレイボーイだな」

「そんなことないよ。クレモンとは違うよ」

マッシモはむくれる。

「ぼくといると楽しいって、みんな言ってくれるんだから」

「俺だって、『あなたといると楽しい』って女たちは言ってくれたぜ」

「ぼくは、クレモンみたいに服や爵位や屋敷や宝石をねだったことはないもん」

「おーまーえー、なまいきなやつだな」

吸い殻を拾い終わったクレモンは、マッシモの頬を両側から引っ張った。

「そりゃあ、おまえがカステリーニの長男で、すべて持っているからだ。持たざるものはいただくしかないんだよ。だいたいな、シロウトになにがわかる。向こうがどうしても『あげたい』って言うから、しょうがなくもらってやったんだぞ。そこまでもっていくのに、どれだけのテクニックを使ったか」

「いーたーいーー!」

クレモンは手をはなした。

「すまん、つい」

マッシモは頬に手を当ててクレモンに文句を言う。

「いいじゃない、いまは紗栄子ママと結婚してお金には困らないんだし、身分だってりっぱな侯爵さまでしょ」

「……」

クレモンはだまりこむ。

「べつに、クレモンのことをヒモって言われたって、紗栄子は気にしないよ」

「う」

クレモンは胸に手を当てた。

「俺は気にする。いや、気にならないけど、他人にやいのやいの言われたら、紗栄子がこの結婚を終わらせたくなってしまうかもしれない」

「だからって、昔取った杵柄《きねづか》で島に来た有閑《ゆうかん》マダムに愛想を振りまいたりしたら、紗栄子ママが怒るのも無理ないよ」

「あれはそんなんじゃねえよ。職業的反応ってヤツだ。なんもしてないし、なんももらってない」

「あたりまえだよ」

マッシモは、ひときわ美しい白い薔薇を切り、トゲを落とした。

「はい。これを紗栄子ママに持っていって仲直りして」

「……ありがとう」

薔薇を受け取り、匂いをかぎながらクレモンは言った。

「おまえ、ほんっとーにできたやつだな。ああ、俺はいつか、恋しい相手にあわてふためくおまえが見たいもんだよ」

「おあいにくさま。そんなことにはならないよ。ぼくってキューピッドなんじゃないかと思うんだよね」

マッシモの顔を見て、クレモンは言った。

「キューピッド?」

「うん。だって。キューピッドは、人と人を結びつけるけど、自分は恋をしないでしょう?」

「どうだかなあ。まあ、いざ困ったときには、このクレモンおじさんを頼れよ。かつてのプロとしていいアドバイス、してやるから」

いらないよとマッシモはにべもない。

「ほら、行ってあげて。そろそろ、クレモンに冷たくしたことを後悔しているころだから。あと、紗栄子はおなかにあかちゃんができたんだと思うよ」

「え、え。ほんとに?」

二人のあいだには長子のフェルがいたが、それからは、なかなか子どもに恵まれなかった。

「たぶん、まちがいないと思うよ。フェルがおなかにできたときと同じ顔してたから。紗栄子ママがクレモンに腹を立てているのは、だからってこともあると思う」

「紗栄子ー！」

クレモンは叫ぶと薔薇を握りしめる勢いで走り出す。

「世話の焼ける人たち」

でもさ、いいじゃない。キューピッドでもさ。キューピッドにはキューピッドの楽しみがある。

「うん、薔薇がそろった」

マッシモは満足そうにうなずいた。

ミケーレは書斎で手ずから入れたエスプレッソの香りをかいだ。小さなカップの底には、スプーンですくい入れたような濃いコーヒーが注がれている。エスプレッソの入れ方だけは、愛する彼方よりも自分のほうがうまいという自負がある。

だが。

「ミケーレ！」

書斎のドアがノックもなしにあけられ、ミケーレはエスプレッソを口に含む間もなく、デスクの上に置いた。入ってきたのは、彼方だった。

「ねえ、マッシモのこと、聞いてる？」

ミケーレは苦い顔で応じる。

「……こんどはどうしたというんだ？」

「今日、マッシモがどこでなにをしていたと思う？　島のお嬢さんたちと、デートだよ。一度に六人も。ぞろぞろ引き連れて、毎日相手を替えるだけでもどうかと思うのに、こんなこと信じられないよ」

正直なところ、ミケーレにとってマッシモは子どもというよりもライバルであり、言わば同等の相手だった。

「だが、まあ、子どもを作るわけではないから」

「ミケーレ、そういうことじゃないでしょ！」

責任がとれる限りは、マッシモの自由だと思っている。だが、そんなアルファの理屈は、「常識人」であり、オメガである彼方に通用するものではない。

「デートするなとは言わないよ？　だけど、せめて数ヶ月は一人と付き合うべきなんじゃないかな。そうじゃなきゃ、相手のことだってわからない。知る必要性を感じていないとしたら、問題だよ。マッシモは優しいけど、だれにでも平等だ。だけど、アルファでカステリーニだって言ったって、マッシモだって、人間の男だ。関係を作っていくってことを知らないといけないんだ。ぼくはアルファを何人も知っているわけじゃないけど、ルカはああじゃなかったよね？」

「あの子は、そういうことには興味なかったね」

ほとんど、修行僧に近いメンタルの持ち主で、筋トレとか、有酸素運動とか、栄養学とか、そちらばかりを気にしていた。

「きっとクレモンの影響だよ。プレイボーイ過ぎるよ」

「デートくらい、誰でもするだろう」

ミケーレは思わず、かばってしまった。

「そう」

よけいなことを言ってしまったようだ。わが伴侶の眼差しが氷よりも冷ややかになったことを悟って、ミケーレ・リオン・カステリーニの背中が冷えた。この、欧州のワイヤープラーとおそれられ、各国首脳陣さえ、その支配下に置いている男が、だ。

「あの、彼方」

「そう、そうなんだ。ミケーレもそうなんだね。デートくらい、だれとでもしたんだ」

しまった、とんだとばっちりだ。ちくしょう、マッシモめ。おまえのせいで、私が彼方に怒られるじゃないか。ミケーレはわが息子を恨んだ。

冗談ではない！

「彼方、私は違う。見境なくデートしたりしない。ましてや、複数となど」

「一人とだったらしたんだ」

ふいと横を向いて、彼方は言う。

ミケーレはマッシモをうらんだ。

だが、いくらマッシモに泣き言を言ったとしても、彼が反省するとは思えない。

マッシモ。

彼がおとなしくしてくれていたら。そうしたら、彼方も自分に優しくしてくれるだろうに。

ミケーレは額《ひたい》に皺《しわ》して考え込んだ。彼方は、腕を組んで向こうを見ている。

ここは、マッシモを閉じ込めるか。ここの領主の館の地下には、司法も兼ねていた昔の名残《なごり》で、牢屋《ろうや》があったはずだが、いくらなんでもそんなことは、この現代においてはどうかと思う。だが、そのくらいしないとマッシモの女癖は止まらないだろう。

いっそ修道院に入れてみるか。

はっとミケーレの脳裏に、名案が浮かんだ。

「寄宿学校……——そう、寄宿学校に入れよう」

そうだ。幸い、マッシモは学業成績は優秀で、転入するのに支障はないだろう。

「私が一年間通った寄宿学校が、彼にはもっともふさわしいと思う。英国にある由緒正しい男子校だ。むろん、ほとんどの生徒がベータであるが、アルファも何人か通っているはずだ。

マッシモのいい友人になるだろう」

我ながらいい考えだと思ったのだが、彼方はためらっている。

「マッシモに団体行動ってできるのかな」

「マッシモは思いやりがあり、皆に好かれる子どもだ。心配はいらない。それに、彼には年上の友人はいても、同い年の友人はいない。よい経験になると思う」

「マッシモが……なんと言うか……」


だが、彼方の予想に反して、マッシモは二つ返事で応じた。

「うん、行くよ」

「え、え。いいの？　今までみたいに気ままにできないんだよ？　ここから離れていくんだよ？」

彼方のほうがおろおろしている。

マッシモはきっぱり言った。

「いいよ。友達、作ってみたい。できるかどうかわからないけど、確率を上げたい。ぼく、同い年の子と仲良くなれたことないんだよね。みんな子分になるか、敵になるかだったから。新しい感激があるかもしれない。うん、楽しそう。興味深い」

うんうんとうなずいているマッシモ。

「いいの？　いいの？」

そうして、マッシモ・ニシナ・カステリーニはイタリア地中海に浮かぶカステリーニ家所有の島、イーゾラ・ローザから、英国にある寄宿学校、カールトン校へと転入することになったのだった。

■英国　カールトン校

マッシモが実際に英国の寄宿学校に転入したのは、九月の半ば、ずいぶんと中途半端な時期だった。

その昔、貴族の子弟を収容した修道院だったカールトン校は、ロンドンから一時間ほどの距離にある町、カールトンに位置している。カールトンには大きな川が流れており、その中洲に学校はある。橋はあるものの貨物車専用となっており、岸辺からは船でしか渡れない。

手こぎ船を待たせたまま、制服の紺スーツの上にマントを羽織ったマッシモは、クレモンに挨拶した。

「ついてきてくれてありがとう。船が出るから、もう行くね。紗栄子ママと仲良くね。あと、彼方とミケーレによろしく」

「まあ、マッシモのことだから平気だと思うけど、なんかあったらすぐに言えよ。いじめられた、とかさ」

「心配しないでよ」

そう。クレモンは、じつはまったく心配していない。マッシモは図太い。堂々と渡っていくことだろう。

「じゃあ、行ってくるね」

マッシモはそう言うと船上の人になった。

まったくこいつは、見かけだけは天使のようだとクレモンは感心する。いや、本人いわく「キューピッド」か。彼は確かに悪いやつではない。自分と紗栄子を応援してくれたし、義理の母である紗栄子と彼方、ミケーレの関係を知ってなお、よりよい方向に皆を修復してくれた。このまえも、次の子どもを身ごもった紗栄子とクレモンとの仲を気遣ってくれた。

たいしたことのない仲違いだったかもしれない。だが、クレモンと紗栄子はアルファとオメガではない。ベータ同士だ。絶対の絆で結ばれた伴侶ではない以上、日々、愛を育んでいかなければ、ほころびから呆気《あっけ》なく崩れる可能性があるのだ。それを思い出させてくれたのは、マッシモだった。

(ようは、俺はマッシモの手のひらで踊っているわけか)

しかも。おそろしいことに、それが気持ちよかったのだ。

あの少年の天使の微笑み。くるくるくるくる、自由自在にその手のひらで踊らされる自分。

(いやあ、もう。末恐ろしいよ、次のカステリーニのご当主様は。さすがにアルファ中のアルファなだけある)

川向こうにそびえるカールトン校。灰色のいかめしい石造りの建物。その昔、そこは修道院という名前の、言わば座敷牢だったと聞く。王族や貴族の息子で、火種になりそうな子どもたちをここに集め、独身のまま過ごさせたのだ。

クレモンは遠ざかる船を見送っている。ああ、確かに彼はキューピッドだったのかもしれない。皆に愛されていた。誰をも愛していた。

マントを身につけたマッシモが、こちらに大きく手を振っている。

そのときに思ったのだ。

特に霊感などないクレモンだったが、こんなに無邪気な彼を見るのはこれが最後になるのではないかと。


手こぎの船は、学校の正門についた。川は灰色で悠々と流れ、曇り空も灰色だった。そして、船着き場の石の階段も灰色だった。マッシモはそこを上る。正門はいかめしく、その昔、ここに連れて来られた良家のご子息はどんな気持ちだったんだろうと思いを馳《は》せる。当時、この川はおそらく今よりもっと澱《よど》んでいて、上流のゴミを浮かべて薄汚く、カラスは頭上で声をあげ、自分たちを哀れんでいるかのように思えたことだろう。

「ああ、もう、ぼく。現代に生まれてよかった」

カステリーニの家はイタリアだが、一応は名門と言われる家柄だ。もしかして世が世なら、ここに入れられた可能性だってないとは言えない。

「こんなところにずっと閉じ込められていたら、おかしくなっちゃうよね。なにもかも灰色だもん。……すみません。転入生のマッシモ・ニシナ・カステリーニです」

マッシモはそう言うと、正門横ののぞき穴に学長のサインが入った書類を差しだした。声が返る。

「お入りください。同室の生徒が来るはずです」

いかめしく正門の扉が開かれていく。マッシモは、中に入った。

「へええ」

感嘆の声をあげてしまう。中は外見とは裏腹だった。

「さすが、王族も入った修道院」

外から見るよりはるかに美しい。高い天井のホールには、ステンドグラスの光が入っている。学生が何人か通りかかる。マッシモを見て、ささやきあっていた。彼らはマントを着ていない。

「よいしょ」

マッシモは、マントを持ち上げた。

マッシモは、入学試験の成績が特に優秀だったため、奨学生となったのだ。このマントはその証明だった。

「ちょっと長いな、これ」

ころんでしまいそうだ。

「おっと」

マッシモはつまずく。ドシンと音がして、倒れる音がした。

「え、ぼく、まだころんでないんだけど」

数メートル向こうで、人が倒れていた。周囲の生徒は手を差しだすどころか、からかっている。

「悪い、悪い。暗くてわからなかった」

「気をつけないと、すそがからまって、ころんじまうぞ」

うめいた生徒はマッシモ同様、マントを身につけていた。ということは、彼も奨学生だ。

黒い髪の男の子で、驚いたことに「ったく、ふざけんな。おまえが足を引っかけたんだろうが」という悪態は日本語だった。早足で駆けよる。

「きみ、大丈夫？　ケガしてない？」

マッシモは手を差しだした。

「は？　日本語？　え、俺、なんか幻見てる？　幻聴？　日本語？」

「幻じゃないよ。日本語だよ。ぼくは、マッシモ・ニシナ・カステリーニ。ぼくを生んでくれた彼方は日本人なんだ。父親が日本びいきだしね」

ぱっと彼は顔を上げてこちらを見た。

黒い瞳だった。力強い光がそこにはある。

（この子、もしかして……）

男らしい、キリッとした眉と強い意志を感じる目。強情そうな口元。彼は、ためらいなく手を差しだし、立ち上がるとにやりと笑った。

（ああ、やっぱりだ。この子、アルファだ）

マッシモは確信した。

彼からは同じ大地に立っている樹《き》の匂いがした。にょっきり生えていて、違う樹で、互いにあることを知っていて、でも、どっちが上とか下とかなんて関係ない。

ときにはライバルになるかもしれないけど、基本的には無関心。

それは、おじであるルカや、父親であるミケーレや、そのほか、多くのアルファを見てきたマッシモが感じていたことだ。彼らは、エゴイスティックだが、こちらを放っておいてくれる。それがすごく、いい感じなんだ。

この子からもそういう匂いがする。彼は聞いてきた。

「おまえがマッシモ？　イタリアの王族の血を引いているっていう。世が世なら、王子様だな」

「そんなの、はるか昔の話だし、ぼくは普通の子どもだよ。……たぶん」

声が小さくなってしまったのは、そもそも伯母《おば》に当たる人が最初はお母さんで、男であるオメガから生まれた自分を「普通」と言っていいのかというところからだった。

彼は起き上がると、ぽんぽんとマントを払った。にやっとこちらを見て笑う顔にはくったくがない。こんな目に遭っているのに、まったく懲《こ》りていないしたたかさ、ある意味の生き強さ、野性味のようなものが感じられた。

「ひどいことするね」

「まあ、たまにああいう奴もいるんだよ。俺は去年からこの学校に来たんだけど、ここってまだ貴族とかジェントリーが幅を利かせているからさ」

「ふーん」

「あ、おまえも貴族だっけ」

「だから、もう違うってば」

「俺は祖父江《そふえ》。祖父江芳明《よしあき》。おまえの同室。同い年だ」

彼は右手を差し出した。

「ぼくはマッシモ・ニシナ・カステリーニだよ」

マッシモは手を握り返した。

祖父江はホールを奥へと歩き出しながら言った。

「あいつら、日本人である俺が、このマントを着ているのが気に食わないんだって。だったら勉強しろよって思うね。俺は、使える時間すべてを勉強に注いでるんだ」

ホールを出ると、広い校庭に出た。池があり、ボートが何艘《そう》も繋いである。

「うちのボート部はなかなかのものだぜ。あそこの水門から川に出られるんだ。もっとも、クラブ活動の時間以外は、スコット先生が水門の鍵《かぎ》を持っているから、抜け出せはしないけどな」

柳の植えてある道を、二人は歩いていく。こうして見ると、彼のほうがほんの少しだけ、背が高い。肩幅も向こうのほうがあるようだった。

「クリケットコートの端っこに赤茶けた水道があるだろ。あれはすごい深くから汲《く》み上げてるんだそうだ。ときおり、カールトンの町からもらいに来るんだぜ。パブで水割りに使うと最高らしい。俺はまだ十八になってないから、わからないけど」

「ああ、日本だと、二十歳まではワインも飲めないんだったね」

イタリアでは、ワインは薬用酒的な扱いで、身体《からだ》にいいからとマッシモは幼い頃から飲まされたものだった。

「寮は五棟に分かれていて、ここがハイハウス。このマントを着ている者、つまりは奨学生が入る。一番奥まっているけど、景色はなかなかのもんだ」

そう言いながら、彼はマッシモを導きつつ、古い建物に入り、階段を上がっていった。下級生がお辞儀をする。教師が話しかけてくる。そのたびに祖父江は何度か立ち止まった。彼は流ちょうなクイーンズイングリッシュで対応している。見事だった。

「なあ、マッシモ。マッシモはハリウッドで子役俳優やってるってほんとか？」

「半分ほんとで半分嘘かな。ほんのちょい役だったし、だいたいそれはおじのルカのおかげだから。楽しかったけどね」

「へえ、すげえなあ。モデルもやってたんだよな」

「うん。ルカの知り合いのデザイナーさんに気に入ってもらって。ぼくがランウェイを歩くと和《なご》むんだって」

「あー、なんかわかるよ。マッシモはかっこいいけど、可愛い感じするもんな」

率直に褒められて、くすぐったくなる。

「えへ。えへへへへ」

「ようこそ、カールトン校のハイハウス、奨学生寮の三〇五号室へ」

おどけた声で言って、祖父江はドアをあけた。

広い出窓。その下には川が流れている。何人がここから、望郷の思いに囚われたのだろうか。

窓から川を見ていると、祖父江に声をかけられた。

「荷物はもう届いてるよ。ベッド、そっちを使って。バスルームとトイレットは奥。手前ドアの向こうはミニキッチンだ。ここに前にいた子は、音楽をやりたいからって、ジュリアードに転校していったんだよね」

お茶飲む？　と祖父江が聞いてきたので、お願いしますと答える。祖父江が日本茶を淹《い》れてくれた。それをマグで飲む。

「祖父江はどうしてこの寄宿学校に来たの？　日本からは遠いでしょう」

「マッシモだってイタリア人じゃないか」

「ぼくは、まあ、色々あって」

会ってすぐの人に、まさか女性関係が激し過ぎてって言えないよな。どう取られるのか不安だし。でも、なんだろう。この子にならいってもいいような気がするんだ。

「マッシモは顔がいいからな。ガールフレンドが多すぎて整理するために入ったんじゃないだろうな」

「え、当たり。すごいよ、祖父江」

祖父江はじっとマッシモを見た。

「なあなあ、マッシモ。おまえ、アルファなんだよな？」

「そうだよ。祖父江もだね？」

「おう。オメガには会ったらわかるって言われてるけど、なんだ。アルファもわかるものだなあ」

二人は目を見交わして笑い合う。今まで感じたことのない、連帯感。

「俺には、志藤《しとう》さゆみっていう、いいなずけがいるんだよ」

「いいなずけ……？　もしかして伴侶？」

「そう。あいつのために、俺はここに来たんだ。けっこう身体が弱くてさ。だから、いつなんどきどうなってもいいように、俺は、世界で一番の医大に行って、世界で一番の医者になるんだ。この学校を卒業したら、推薦でケンブリッジに行く。それから希望の医大に行くつもりだ。つーか、絶対に行く」

あまりにも真《ま》っ直《す》ぐな祖父江。

努力家の祖父江。

彼のやっていることは間違いではない。むしろ、正道だ。ただ、それがどうにも気に入らないという生徒もいるのだ。

またトラブルにならないといいんだけどと、マッシモは憂慮した。

それが起こったのは、マッシモが転入して一週間後のことだった。

もとは礼拝堂だった教室の中は薄暗く、石造りだった。ぐるりから聖人たちの像が見つめている。その中には、竜を足下に踏みつけている聖ミカエル——ミケーレ——や、医者の聖ルカも見えた。そうやって、カステリーニ家の男子は多くが聖人の名前をもらってきたのに、特別な自分は、やはり特別な名前を持っているのだった。

マッシモ。

英語だとマキシマム。

最大。

口にすると可愛いし、マッシモはこの名前が気に入っている。

ガタンと音がした。

最前列に座っていたブロンドの男の子が通路にペンケースを落としたのだ。そそっかしいなあと見ていると、近くを祖父江が通りかかった。

「拾えよ」

声が響いた。

「おまえのせいで落ちただろ」

「なに言ってんだ。俺が来たときにはもう落ちてただろ」

彼らの目の中には、祖父江をやっかむ気持ちがある。わからないでもないが、それはあからさまにしていいものではない、醜い感情だった。

祖父江は肩をすくめて通り過ぎた。かかわってもしょうがないと思っているようだった。

それがまた、彼らの気に障ったらしい。

彼らはつるんでいるだけに、体面というものを最重要視する。ときにそれは、彼らの利益さえ凌駕《りょうが》する。

だれがなにをもっとも重要視しているのか。

それを当てるのが、マッシモは好きだった。

知ってしまえば、相手の首根っこを押さえたも同然だ。相手を好きに動かすこともできるし、ダメージを与えることもできる。

（そういうところ、きっとミケーレに似たんだよね。いや、カステリーニの血筋なのかな。ワイヤープラーの）

「ちょっと成績がいいからって大きい顔すんじゃねえよ。なんだ、このマント。アンダーソン先生に取り入ったんだよな。あの先生は浮世絵マニアだから」

なるほど。わかりやすい。この子が欲しかったのは先生の寵愛《ちょうあい》。人を責めないほうがいい。諸刃《もろは》の剣《つるぎ》だ。人を責めるとき、その切《き》っ先《さき》は自分にも向いている。弱点をさらけ出す。どこを気にしているのか、なにが不満なのかをあらわにしてしまう。

「はあ？」

もう、まったく。祖父江はその辺がわかっていない。

「成績がいいのは、俺が勉強しているからだ」

「拾えよ」

「……」

「拾え」

祖父江は彼を睨《にら》みつけていた。が、めんどくさそうにつぶやいた。

「あーもー。しょうがねえな」

祖父江はいさかいを避けようとした。屈《かが》もうとマントをはしょると石の床に向かって頭を下げる。金髪の少年が片足を上げた。頭を踏もうというのだ。

「ちょっと待って」

マッシモはつかつかと近づいていく。そこでひょいと屈むと、ペンケースを取り、ブロンドに差しだした。

「はい、屈めないなんて、たいへんだね」

「え」

「腰痛？　うちのばあやが冬になると苦しんでたよ。温泉につかるといいんだって。知ってる？　日本では温泉の素が売ってるんだ。こんど送ってもらうね」

くすくすと周囲の少年たちから笑い声が漏れる。

「アンダーソン先生は、卑怯《ひきょう》な人間が一番嫌いだったよね」

ぼそりとつぶやく。なにをもって卑怯とするかは謎だけれど、おそらくこれを喜びはしないだろう。

ブロンドは立ち上がると、ぐっとこちらを睨んだ。

「てめえ」

周囲が必死に彼をなだめている。

「やめとけよ」

「そいつはカステリーニだ。ワイヤープラーだって、親父《おやじ》が」

「そんなの関係ない」

ふむふむ。彼自身よりも、友人たちのほうが冷静かつ、こちらのことを知っているようだ。これを利用しない手はない。

マッシモは、背後にいる二人の少年を穏やかに見つめた。それから、微笑みかけてやる。

「きみたち、この子の友達？　名前はなんだっけ。教えてくれる？　絶対に忘れないようにするから」

二人は声も出せない。

「うん。確か、バートラム卿《きょう》の次男と、ウェブスター伯爵《はくしゃく》の長男だよね。お父様にはいつもお世話になっております」

確認しながら指をさすと、彼らは顔色を変えた。

「おい、もうやめろってば」

「俺たちは行くから」

そう言って、友人たちが去っていく。

「おい、どこに行くんだよ。おい」

これからは、今までのように君臨はできないだろう。きみの頭の上の王冠は転がり落ちたんだから。

「お待たせ」

かたわらの祖父江が、「別にあんなことをしなくても」とつぶやいたのが聞こえた。

(おや、ぼくがなにをしたのか、どんなふうに操ったのか、祖父江にはわかってしまったようだ。糸が見えてしまったのでは、まだまだワイヤープラーの名前はミケーレから譲ってもらえそうにないな)

マッシモは苦笑する。

「なにか?」

「ああいうやり方、しなくてもいけるよ。俺。相手にしないから」

「でもさ、せっかくおいしいごはんを食べようとしているのに、ハエがたかったらいやじゃない?」

マッシモの言いかたに、祖父江は呆気にとられたようだった。

「あいつらはハエか? ひでえな。でも、そのハエだって、生きようとしているわけだしさ。まあ、食べるときには払うけど、殺虫剤で落とすのはどうかと思うわけだ」

「へえ」

マッシモは感心した。この子は強い。もうすでに絶対の伴侶を得ているからだろうか。圧倒的な強さを持っている。一見すると何も考えていないように見えるのだが、ピアノ線のような強靱《きょうじん》さを持っている。

「よけいなことしてごめん。怒らないで、祖父江」

「俺のこと思ってしてくれたんだから、怒ってねえよ。それに正直、いい気味って思ったもんな。あいつらのハエ攻撃はうっとうしかったからな」

にやっと祖父江は笑った。

そんなふうにして、マッシモと祖父江の交友は始まったのだった。


週末になると、近くに家のある生徒は帰る。だが、家が日本とイタリアにある祖父江とマッシモは、カールトンの町に出るのがせいぜいだった。

カールトンでは、十八歳になったらアルコールを飲んでも構わない。だが、二人はまだ十五歳だったので、パブに入ることはできない。なので、カールトン校御用達の文房具店で必要な品を手に入れたり、小さな町にしては大きな書店で本を眺めたり、はたまた少し歩いて、町外れの農家に搾《しぼ》りたての牛乳をもらいに行ったりした。

休日には私服で町に出ていいことになっていたから、二人はずいぶんと開放的な気持ちになったものだった。勉強家の祖父江も、このときばかりは教科書とノートを手放して、そこいらにいる十五歳の男の子の顔になった。

肩を並べて歩く。一緒に笑う。

とりわけ二人がよく通ったのは、裏通りにある、イタリア料理の店だった。そこで軽くパスタを食べて飲むエスプレッソがイタリアのものと似ていて、マッシモは嬉《うれ》しくなった。

「この店のペンネとエスプレッソ、最高においしいです」

心からマッシモがそう言うと、店主のおじいさんがニコニコしてくれて、おまけだよとカッサータ、イタリア風のチーズアイスクリームをサービスしてくれた。それを食べつつ、祖父江はしかめ面《つら》をしている。

彼は「どうにもエスプレッソには慣れないな。せめてカプチーノ……」とつぶやいている。

マッシモは小声で祖父江にささやく。

「カプチーノなんて頼んだら、きっとおじいさん、機嫌が悪くなるよ」

「食後のコーヒーくらい、好きにさせろよ」

「だめだよ」

そこだけはイタリア人として譲れないところだ。

「ぼくが日本料理を食べたあとに、甘い紅茶を頼んだら？」

「え、どうかしてんじゃねえのと思う」

「うん、そんなもん。でも、気持ちはわかるよ。ぼくも小さいときには苦手だったもん。これがおいしいなって思うようになったのは、割と最近だよ。そう言ったら、ミケーレが嬉しそうだった。彼方は今でも苦手だけどね。泥っぽいって言ってる」

「彼方？」

マッシモは首を傾《かし》げる。

「ぼくの、お母さん?」

「なんで疑問形?」

「男だから」

ああ、と、祖父江はうなずいた。

「つまり、オメガMなわけだ」

そう。ヒト性にかかわらず、オメガはアルファの子を身ごもる。少ないが、女性のアルファと男性のオメガというカップルだっている。それは、ベータの人たちから見たら、変態的な愛なのかもしれないけど、アルファとオメガにとっては身体の本能に沿った、当たり前のことだ。

「そうなんだよ」

さすが祖父江。さすがアルファ。話が早くて助かる。

「あの」

話しかけられて、びくりとそちらを見ると、おさげを肩に揺らした赤毛の女の子が、直立不動で立っていた。

「あの、マッシモ・カステリーニ?」

「うん、そうだよ。どこで会ったのかな。このきれいな髪の赤は覚えていると思うんだけど」

「私、あなたのこと、雑誌で見てて。そしたら、この町にいるって聞いて。ファンです!」

彼女はマッシモののっているファッション雑誌と、真新しいサインペンを差しだした。

「サインください」

「いいよ。名前を教えて？　シンディ？　すてきな名前だね」

そう言いながら、マッシモはすらすらと雑誌にサインを入れていく。別れ際には握手をして、「会えて嬉しかったよ、シンディ」と告げる。

「ありがとう。だいじにします！」

そう言うと、彼女は店から走り出していった。店のおじいさんが微笑んでいるところを見ると、彼が連絡したらしい。

「もてるんだなあ、マッシモは」

祖父江は、感心している。

「それに、女慣れしてる」

「まあ、それは、否定しないけど」

祖父江の言い方は、今日は晴れだとか、風が強いとか、川面《かわも》が静かだとかと同様の響きを持っている。そこには負の感情がひとつもない。

「祖父江。きみは、こういうの、気にしないんだね」

「ん、別に。俺には、俺のオメガがいるからな」

そう言って、彼は胸を張った。

いったいどんな子なのと口にしかけてやめた。

いけない、いけない。アルファにその伴侶のことを聞くのはタブーだ。なぜなら。

止まらなくなるから。

自分の伴侶がいかに素晴らしいか、愛らしいか、その相手を得られた自分がどんなに幸運か。語らずにはいられないのだ。マッシモは話をそらすことにした。

「ぼく、まだ相手がいないんだ。マッチングシステムに登録してるんだけど、いつも弾《はじ》かれちゃうんだよ」

「……そうなんだ……」

芯から祖父江は気の毒そうな顔をする。ああ、その顔。その顔ときたら。

（うん、ぼくにまた伴侶が見つからなかったときの、ミケーレと彼方の顔にそっくりだよね）

両親がマッシモのことをとても大切に思っていることは知っている。さらに、伴侶である自分たちの関係を至福と思っていることだって承知している。それでも、あの顔をされると反抗心が湧いて出る。

あわれんでくれなくてもいいってば。

伴侶が今ここでわかっていなくたって、自分はまったく不自由していないし、なんなら幸福でさえあるというのに。そして、目の前の、この、つい最近知り合ったばかりの日本人のアルファもまた、ミケーレと彼方にそっくりな顔をしてこちらを見ているのだった。

「それは……つらいな……」

こういう顔をされると、自分は世の中の不幸を一身に背負っているのではないかと疑ってしまう。いやいや、待て待て。むしろ恵まれているぞ。

「あのね、そういう顔、する必要ないからね」

祖父江は自分の顔を撫でた。

「そういう顔？」

「そうだよ。あわれむみたいな顔。確かに伴侶がいることは、アルファにとってこの世の中で一番楽しく、素晴らしいことなのかもしれない。だからと言って、それを知らない人間には、ないと同じで、なんとも思っていないからね。祖父江。きみは、砂漠を知らない魚に、気の毒にって同情するわけ？」

「そういうんじゃないけど。……だよな。そうか。うん、そうだな。ごめん」

祖父江は頭を下げた。

「あんまりにも、素敵すぎるんだよな。委員長が」

「委員長？」

彼はぱっと顔を輝かせた。

「そうなんだよ。委員長っていうのが、俺の伴侶のあだ名なんだよ」

そこでついついマッシモは、決してしてはならない質問をしてしまったのだ。

「祖父江の伴侶ってどんな子？」

アルファに伴侶の話をさせるな。とてもとても、ついていけないほどに長くなるから。そういう格言があるというのに。

「え、見る？　見る？」

嬉しそうにそう言うと、祖父江は、尻のポケットから携帯端末を出してくると操作し、画面をマッシモに向けた。

「もう、恥ずかしいなあ」

そう言いながらも、堂々としている。画面には、こちらを見て笑っている眼鏡《めがね》の女の子が映っていた。

なるほど。

「きれいな子だね」

正確に言えば、おそらくおとなになったら、すごい美人になるだろうという顔立ちだ。

「そーなんだよ。俺ほどラッキーな男はいないね。名前は志藤さゆみって言ってさ」

「もう聞いたよ」

「じゃあ、これはどう？　隣の家だったんだよ。な、すごいだろ？」

「それはすごい」

心から、マッシモは感心した。

伴侶と巡り合ったアルファとオメガの話はよく聞く。なので、よくあることと勘違いされるのだが、ごく少数だ。多くのはぐれオメガと特定の相手がいないアルファは、語られることすらないだけだ。

マッシモの父方の祖父に当たる人は、伴侶が顔見知りだった。それだけでも、幸運な男と言われている。

父親であるミケーレは誤って伴侶の姉と結婚したし、マッシモのおじに当たるルカはこうと思う相手がいたにもかかわらず長いこと待たされていた。

伴侶が隣に住んでいた十五歳というのは、ほんとうに、かなり恵まれている。

「いやもう、委員長って、委員長って感じなんだけどさ、ピアノが上手で、俺、それを聞くのが好きでさ。俺はもともとサッカーやってて、将来は選手になりたい、なんて思ってたんだけど、あ、これでもけっこういい線いってたんだぜ。でも、十二歳の夏の日にさ、学校でサッカーやってたら、いい匂いがしたんだよ。芳香剤みたいな」

「芳香剤って、トイレの?」

それはいい匂いなのかどうか、マッシモは疑う。違う違うと祖父江は首を横に振った。

「そんなんじゃねえよ。デパートの一階に売ってる、たっかいやつ」

「それって香水だろ。ぜんぜん違うと思うけど」

「まあ、とにかくそんな匂いだったんだ。いやいや、それよりも数十倍はいい匂いだったね。

艶《なま》めかしいっていうのかな。そしたら、校舎裏で委員長が倒れてたんだよ。泣きながら、いいから近寄らないでよって言って、でも、そこにうずくまってるのに、助けないってわけにはいかないだろ。保健室まで連れて行ったんだけど、もう、クラクラして、俺のほうが倒れそうだったよ」

「それが、初めてのヒートだったと」

「うん。あのときの委員長、可愛かったなあ」

夢見る瞳になりながら、彼は言った。

「今でも思いだせるよ。保健室に入ってくる夕陽が懐かしいオレンジ色なんだ。そこで、彼女が泣きそうな顔をしてた。そのときにわかったんだ。こう、直感的に。俺が委員長の伴侶なんだって」

祖父江の口は止まらない。

「俺、謝ったんだよ。俺でごめんねって。だって、委員長はお嬢さんで、なのに、俺とかさ。でも、泣きながら言ってくれたんだ。俺で嬉しいってさ。気がついたら委員長にキスしてた。委員長は震えてた。でも、何度も何度も、したんだ」

祖父江はうなずいている。

「まあ、ほら、俺たち、若すぎるから、まだ子ども作るわけにはいかないだろ。だから、今のところ、ヒートのときには抑制剤飲んでるんだけどさ、でも、結婚できる歳《とし》になったらするんだ。それで、一生だいじにする」

きっぱりと彼は言った。

「イタリアはどうか知らないけど、日本だと、けっこう、からかわれたりしてさ。俺の委員長を悪く言うやつはぶっ飛ばしてやったけど、きりねえしな。それに、あいつ、気は強いけど、いや、そこが可愛いんだけどさあ。でも、ほら、身体があんまり丈夫じゃなくてさ。気温が変わるとよく寝込んでたからさ。俺、世界で最高の医者になろうと思って。俺のうち、もともと医者の家系なんだよ。医者になりたいって言ったら、親は最初、半信半疑だったけど、できるならやってみろって協力してくれたんだ。俺、うちではほずれ扱いだったけど、あいつのおかげだな。それから、猛勉強したよ。サッカーはやめた。世界で一番の医者になるために」

アルファが伴侶を愛する気持ちとは、どうしてこう、並外れているのか。マッシモはアルファではあるが伴侶はまだいないので、その気持ちは推し量ることしかできない。

「愛、なんだね」

「おう」

「ほんのちょっと」

ちょっとだけ。

「うらやましいかな。そんな恋をしてみたい。ぼくには、伴侶がいないから」

生まれて初めて、マッシモはそう思った。

「だろ」

それに対して、祖父江は笑って答えたのだった。

「いいもんだぜ、伴侶ってさ。行く手にいつも光ってる星みたいなもんだ」

彼は、顔の前に手をかざし、遠くを見つめた。そこに、彼だけには見えているようだった。はるか果ての、彼の北極星が。


祖父江は、どこででも勉強した。

寮の部屋ではもちろん、寝るときも本を離さなかったし、風呂にも風呂用の本を持ち込んだ。先生ともよく話をしていた。

「あんまり読み込みすぎて、教科書を覚えちまってさ。心の中にライブラリーがあるんだよ。だから、いつでもどこでも見れるぜ」

彼のそれは、いわゆるフォトリーディングというやつなのだろうとマッシモは思った。

「マッシモが同室だとやりやすいよ」

祖父江はそうも言った。

「以前のルームメイトは、俺が勉強してると、あまりに没頭して気配がなくなるから気持ち悪いって言ってた。マッシモは放っておいてくれるからいい。アルファだからかな」

祖父江は朝晩必ず、携帯端末を手にしていた。

「日本とは時差があるからな。互いにおはようとおやすみのメッセージを入れてるんだ」

マッシモが、夜寝る前に神様に祈っていると、祖父江もまた、両手を組むようになった。

なにを祈っているのか。聞かなくてもわかるような気がした。きっと彼のいいなずけ、いとしい伴侶のことだ。あの眼鏡の委員長のことだ。彼女の健康と安らかな一日を願っているのだ。その、あまりにも美しい、いちずな思いにマッシモは感じ入らないわけにはいかなかった。


秋は深くなり、やがてボート部が練習に使っている池が凍結するようになった。ボートはある日、岸に上げられ、水門は頑強な鎖で施錠された。

祖父江は、寒くて湿気った日が続くと頭痛を訴えるようになった。

「あったま痛ー」

それでも、決して成績を落とさないのが祖父江だった。彼はラテン語とギリシャ語を除くすべての科目でトップを取った。このままいけば、本人が望むとおりにケンブリッジでもオックスフォードでも、好きなところに進学が可能だろう。ラテン語とギリシャ語で一位を取ったのはマッシモで、これればかりは生まれたときからやっている利があった。

試験が終われば十二月も半ば。すぐに年末年始の長期休暇になる。一ヶ月にわたる長期休暇を前に、生徒たちは帰宅の準備に余念がない。

「ぼくも、日本に寄ってから帰ろうかなあ」

マッシモがそう言いだしたのは、半分は日本のグランマが懐かしくなったからであり、半分は不調な祖父江が心配だったからだ。祖父江は、邪気なく喜んだ。

「だったらうちに遊びに来いよ。委員長も紹介するし。そうしなよ。同室がイタリアの貴族だって言ったら、うちの母ちゃんが喜んじゃって。ミーハーなところがあるからさ。あと、椎名櫂人《しいなかいと》のファンなんだって。ファンクラブに入ってるって言ってた」

椎名櫂人は、マッシモのおじ、ルカの伴侶だ。実力派の俳優として、その名を知られている。

「ああ、じゃあ、もしもらえたら、サインもらってくる。お母さんの名前は？」

二人は日本に行くための荷造りをしながら、どこに遊びに行こうかと、相談し合った。

「そのうち、薔薇《うち》の島にも遊びに来てよ」

「行きたい、行きたい」

「ぼくの家族にも会ってね。彼方ったら、ひどいんだよ。同室の子とすごく仲良くなったんだって言ったら、マッシモの心の中の友達とか、宇宙人とか、異世界人とかじゃないよねって言うんだから」

「彼方って、マッシモを生んでくれた人だよな」

「そう。大好きなんだけど、ときどきおかしなことを言うんだよな」

「いや、なんかわかるみたいな……」

祖父江はもごもごと何か言いかけたが、いや、まあ、いいんだけどと言い直した。変なやつだなとマッシモは思った。

「カステリーニはイタリア本土に本家があるし、あちこちに別宅があるんだけど、うちの両親は薔薇の島ってところから出てこないんだよね。あそこはいいところだよ。いつも暖かくてね。それからね、ちょっと毛が脂ぎってるけど、もこもこの羊がたくさんいて、山羊もいるんだ。オリーブとブドウがあって、オイルとワインをつくってる。アグリツーリズモって知ってる？　日本で言うと、農業体験つきの民宿ってところかな。それをやっているうちがたくさんあって、楽しいんだよ。それから、ミケーレが彼方のために建てた病院と、音楽堂と、図書館があって、音楽祭のときには、島の宿は満杯になる。うちの両親は、あんまり仲がよすぎて、島から出ないんだよ」

「え、どういうこと？」

「ほんとは紗栄子はもう、許しているんだけどね」

「紗栄子って……だれ？」

「ぼくの育てのお母さんで、彼方の腹違いのお姉さんだよ」

「複雑なんだな」

「今は仲良しだよ。でも、ミケーレは彼方を外に出したがらないし、彼方もミケーレがいればいいと思っているらしいから。だから、二人で出られないごっこしているんだ」

まさしく、あれは「出られないごっこ」だ。祖父江はあきれたように言った。

「へー、変なの。俺は、委員長が側《そば》にいたとしても……」

そこまで言いかけて、てへ、と彼は笑った。

「そんないいところだったら、十年くらいは出ないでも平気かな。海の近くなら、きっと委員長の身体にも優しいと思うし」

屈託なく笑いながら、彼はそう言った。

「もう、まったく。祖父江はいっつもそれなんだから。こうしてやる！」

マッシモはベッドの上に祖父江を倒すと脇腹をくすぐる。祖父江は笑いながら、マッシモを押さえ込もうとする。二人はころころと子犬のようにベッドの上をころげまわった。


自分に、黄金の少年期があったのだとしたら。まさしく、あの日々だった。

そう、マッシモは思うのだった。

出窓から、下を覗《のぞ》くと、そこには灰色の川。冬の川は灰色で、上にカラスが飛んでいる。

もう、ボートはなくて、浮かんでいるのは灰緑色《かいりょくしょく》の水鳥ばかりなのだった。

短い呼吸。くぼんだ頰。

「さゆみ、さゆみ……！」

かつて照れながら発音していた、愛《いと》しい人の名前を、彼はなりふり構わず、切実に呼んでいる。喉が切れそうだった。

「さゆみ！」

「ふふ……」

呼ばれた彼女の髪は長い。ばらりと枕にほどけて見えた。

「みっともないでしょ、私。もう、やだなあ。やつれた顔を見られたくなかった。きれいな私のことを、覚えていて欲しかったのにな」

「きれいだよ。今が一番、最高にきれいだよ」

幼いくせに、真剣な口説《くど》き言葉を彼女に捧げている。

これはいったいどうしたことなのだろうか。

カールトン校を出発するときには、祖父江はもうすぐ愛しの委員長に会えるとはしゃいでいた。

「俺のなんだからな。マッシモは絶対に手を出したりするなよ。ま、委員長は、俺にゾッコンなんだけどな」

「わかってるよ。誓って、不埒《ふらち》なことはしないし、だいたい無理だよ」

伴侶のいないフリーのオメガ、はぐれオメガならとにかく、相手を見いだした伴侶持ちに手を出すほど命知らずじゃないつもりだ。片手をあげて宣誓したマッシモを、祖父江は真剣に見つめていた。彼は空港で、何度も携帯端末を見ていた。

「どうしたの？」

マッシモが聞いたのは、彼が機内食をボイコットしたときで、彼は「メッセージに既読がつかないんだよ」としかめ面をしていた。

「もしかして、迎えに来るのに、おめかししているのかもしれないよ。もしくは、携帯をなくしたとかさ」

「委員長は、そんなことはしない。と思う。けど……」

声がだんだん小さくなる。

「まあ、そういうことがない、とは言い切れないかな……」

飛行機は夜の中を飛んでいた。地球が回るのと反対に飛ぶので、時間をこえていくのだ。不思議な感覚だ。飛行機が日本に無事に着き、出迎えゲートに彼の両親の姿が見えたとき、祖父江は笑みを見せて走り寄ったが、すぐに顔を強張《こわば》らせた。彼の両親は、善良そうな人たちであったが、そのたたずまいには尋常ならざるものがあり、我が息子を悼《いた》んでいるようでもあった。

「委員長になにかあった？」

真っ先に、祖父江は聞いた。

「さゆみに、なにかあったのか？　事故でも？」

「違う。違う、けど」

そこまで言ったところで、母親は泣き出した。

「母さん。泣いてちゃ、わからない」

父親が祖父江の腕を摑《つか》む。

「芳明。とにかく、病院へ行こう」

「病院？」

「それまでのあいだに、説明する。えっと、きみが……」

「同室のマッシモです。マッシモ・ニシナ・カステリーニ。日本語はできます。母方は日本人なので。ぼくも、祖父江に、ついていきます。そのほうがいいと思います」

そして、広い自家用車のリアシートで、父親から説明を聞いたのだ。

彼の伴侶である志藤さゆみが、この秋から急激に体調を崩したこと。一週間前に入院して、それを祖父江には決して言わないでくれと頼み込んでいたこと。数日前までは、メッセージだけは送れていたのに、それもできなくなったこと。

「なんで、なんでだよ。委員長……！」

「さゆみちゃんを、責めないであげて」

切れ切れに母親は言った。

「あの子ね、あなたのことが大好きだから、だから、つらい気持ちにさせるのはできるだけ短い時間がいいって。そう言うの。凛《りん》として、強くて。すごい子よ。あなたの伴侶は」

それからの祖父江はひとことも言葉を発しなかった。青い顔をしていて、彼が車内で気を失うのではないかと、マッシモは思った。

彼の北極星、人生のすべて、愛する女、伴侶。

それを彼は失おうとしている。

車が着いたのは、大きな総合病院で、父親が車を回しているあいだに、母親が病院内に入っていった。シンと静まりかえったエリアがあった。うめくことさえできない者しかいないエリアだった。祖父江は走り出した。父親が止めた。

「芳明！」

名札もないのに、祖父江は迷うことなくその部屋を選んだ。ドアをあける。

そこに、家族に囲まれて、彼女は横たわっていた。

「さゆみ！」

祖父江は、彼女の手を握りしめた。

「さゆみ！」

「……よっくん……」

祖父江の母親が言ったとおり、彼女は凛として、強い女性だった。微笑んで、彼を迎えた。

彼女はやつれ、頬骨が目立ち、目の下はうっ血していた。

「あはは、やだな。こんなところ、見られたくなかったのに」

「なんで言わないんだよ。言ってくれなかったんだよ。こんなになるまで。こんなのねえだろ」

「みっともないでしょ、私。もう、やだなあ。やつれた顔を見られたくなかった。きれいな私のことを、覚えていて欲しかったのにな」

「きれいだよ。今が一番、最高にきれいだよ。おまえがいなくなったら、俺も……」

「だめ」

その言葉は、マッシモのところにまで、はっきりと届いた。ほかは掠《かす》れて、彼女の口の形で推測したというのに。そのときばかりは、まるで隙間ができたように、そこから吹き込む風がうなりを伝えるように、明確にその声をマッシモに伝えてきたのだ。

「生きて」

それから彼女の意識は混濁した。下顎《したあご》がさがり、荒い呼吸を繰り返すのみになった。下顎《かがく》呼吸が開始されたのだ。こうなったら、最期のときを迎えることを、マッシモは知っていた。島でも何回もあった。神父様が呼ばれ、みなが祈りを捧げるのだ。だが、この病室には、神父はいない。祈りもない。

「さゆみ、さゆみ、だめだ、行かないでくれ！　嘘、嘘だろ。こんなの、嘘だ。嘘だ――っ！」

そうして、祖父江の伴侶は旅立っていった。

百合《ゆり》の花が、彼女の柩《ひつぎ》には溢《あふ》れんばかりに入れられていた。たっての願いということで、彼女は学校の制服姿だった。死に化粧を施された少女は、花の中から立ち上がって、「行くよ、よっくん！」と元気に走り出しそうに思えた。祖父江はずっと彼女の柩から離れなかった。彼女がとうとう、会場から連れ出され、焼き場に行き、重たい扉が閉じられたとき、彼は叫んだ。

「さゆみ！　俺を連れて行け！」

彼は、叫び続けた。

「俺を連れて行け！　一人で行くな！　俺を連れて行ってくれ！」

喪服の彼はひざまずく。係員の女性が、起こそうとするも、彼は逆らうように床に倒れ伏した。周囲の人間が、目を背けている。

マッシモは、喪服を持ってこなかったので、喪章をつけていた。彼に近寄り、肩に手をかけ、ささやく。

「生きてって、彼女、言ってただろ」

マッシモは知っている。伴侶の言葉が絶対であることを。肌でわかっている。

あの、カステリーニ家のワイヤープラーとして恐れられるミケーレですら、そうなのだ。マッシモが生まれた当時、もし、彼方を手に入れるためだけだったら、いくらでも手はあった。仁科の家をカタにすることも、紗栄子をたてにすることも、マッシモを差しだすことだってできたはずだ。だが、それをしたら最後、彼方の愛は永久に去ってしまう。それを知っていたから、ミケーレはただただ身を伏せて待ったのだ。その結果、二人の暮らしを手に入れた。まだミケーレがはしゃいでいることを誰が咎《とが》められよう。

ルカだって、椎名と一緒になるまでに、修行に近い生活をせねばならなかった。

伴侶の願いは、それほどに重い。

マッシモは、彼の肩を軽く撫でる。

祖父江は、マッシモをふしぎそうに見た。そこにいることに初めて気がついたかのような、むしろ、マッシモという存在を生まれて初めて知ったかのような見方だった。外では、厚い雲が割れて、光が射し込んでいた。マッシモは手を差しだした。それを彼は見つめていた。

それから、またマッシモを見た。

そうして彼は、マッシモの手をとった。マッシモは、彼の身体に手を回し、立ち上がらせた。そのとき、マッシモの身のうちには、感動が駆け巡っていた。彼が、マッシモにすがっている。そうしなければ、彼は立つこともできず、ずっとこの床に座っていることになっただろう。母親が彼の腕を取ったが、祖父江は振り払った。

マッシモに寄りかかりながら、祖父江は母親に硬い声で謝罪した。

「すみません、取り乱して」

静かな声だった。

「俺は、これからカールトン校に帰ります」


国際空港には、クリスマスツリーが飾られていた。

休暇を海外で過ごす家族連れが、出国ゲートに並んでいる。その中で祖父江は、黒い服でロビーのソファにうずくまり、黙りこくっていた。マッシモはその隣で彼の肩を抱いていた。

「あの。ちょっとよろしいですか」

祖父江の母親が、まだ泣きはらした目で、マッシモの前に立った。マッシモは立ち上がり、ロビーの隅に行く。彼女は頭を下げた。

「芳明のこと、よろしくお願いします。あの子、ほんとにさゆみちゃんのことが好きで。私たちも、なんてお似合いなんだろうって喜んでいたんです。あの子、さゆみちゃんのためにすべてをなげうって、勉強して、勉強して、奨学生枠を勝ち取って。そのぐらい、さゆみちゃんのことが好きだったんです。できたら、あの子のことを手元に置いておきたい。でも、あの子は、言い出したら聞かないから」

「はい。ぼくが、祖父江の側にいますから」

そうマッシモは、約束した。

帰りの飛行機の中でも、祖父江は押し黙っていた。彼は震えていた。

「寒い？」

マッシモはそう訊《たず》ねると、客室乗務員に頼んで、彼のブランケットを追加してもらった。

それでも、彼は震えていた。

気温ではない。

彼の中にある穴からだ。それが、マッシモにはわかっていた。今まで、彼の北極星のいたところ。愛する女性が、伴侶がいた場所だ。それは過去から来て今へ、さらには未来へと繋がっていたはずだった。

それがなくなってしまったのだ。その真っ暗な穴に、ふと、自分が吸い寄せられていく気がした。

「寝たほうがいいよ。祖父江」

そう言うと、マッシモは自分もブランケットを膝にかけたまま、軽く手を組み合わせた。

眠る前にお祈りをしようと思ったのだ。

今日は飛行機の中だから、口の中で言うにとどめる。機内には、色々な宗教の人がいる。

信じる神様は違うから。

祈りが終わって、マッシモは目を開いた。祖父江がこちらを覗き込んでいた。ドキッとするほど、真っ黒な目だった。

「祖父江？」

「神様なんて、いないよな」

静かに、祖父江が言った。

彼の声が粘《ねば》くマッシモにまとわりつく。

「いないんだよ、神様なんて。いたら、こんなことになるはずがない。いたら、あの子を、こんなに早く連れて行くはずがないんだ」

「祖父江」

「欲ばりすぎたんだ」

そう、祖父江は言った。

「欲ばった。幸せすぎた。あいつが俺を好きになってくれて、伴侶だなんて、そんなの。俺には過ぎたことだったんだ」

マッシモは声をかけたかった。彼女の死はほんとうに不幸なことで、自分だって胸が痛む。だが、彼女の、ましてや祖父江のなにが悪かったというのではない。あえて言うのだとしたら、悪かったのは、彼女の運だろう。そして、その短い人生のあいだに、自分の命よりも大切な相手と巡り合った彼女が不幸だったとは、マッシモにはとても思えない。マッシモは、彼女がうらやましかった。

（うらやましい……？）

そんな考え方をする自分に、マッシモは驚いた。

「それでも、きみは生きないとね。彼女と、約束したのだから」

ぐっと祖父江が唇を噛《か》んだ。彼の肩をマッシモは抱く。

「泣かないで、祖父江。ぼくが、ついているから」

彼の手を、そっとマッシモは握った。アルファ同士としては、それはあってはならないやりかただったのかもしれない。だが、祖父江は握りかえしてきた。

すがりつく指の強さに、彼の苦悩をマッシモは知った。

二人を乗せた飛行機は、英国へと帰っていった。

カールトンの町を流れる川の中洲に、元修道院、全寮制の男子校、カールトン校は建っている。

クリスマスまであと数日。

すでに年末年始の長期休暇に入っているカールトン校の内部は静かだった。いつも生徒たちが行き来する廊下も、人の姿は見えず、物音もしない。学校全体が虚《うつ》ろになってしまったようだ。

実際のところ、学校に残った生徒は一人もおらず、それどころか寮監の先生も寮母さんも住み込みのハウスメイドさえいなかった。

三〇五号室で荷物をほどきながらマッシモは言った。

「しかたないね。ぼくたちだけでなんとかしないといけないみたいだ。新年になれば、寮母さんが掃除と洗濯に来てくれるって連絡があったよ」

「うん」

ベッドの端に祖父江は腰掛けている。その隣にマッシモが座ると、コツンと、彼がマッシモにもたれかかってきた。糸が切れたマリオネットのような、頼りない仕種《しぐさ》だった。

「あれ、祖父江。きみ、熱があるんじゃないの?」

「ん?」

言われて、初めて自分の身体があることに気がついたように、祖父江は「そうかな」とつぶやいた。そんなことは、どうでもいいと言いたげだった。こけた頬は白く、唇は赤いのに乾いている。

案の定、その晩から祖父江は高熱を出し、ベッドから離れられなくなった。マッシモは自宅に戻っていた校医を呼び出して診てもらった。

「これは風邪《かぜ》だね。子どもは熱を出すものだ。熱が出たほうが早く治るけど、あんまりつらそうなら、解熱剤を」

「はい」

ほんとうだろうか。校医を疑うわけではないが、祖父江に万が一のことがあったらどうしてくれる。

なんといっても彼は、伴侶を亡くしたばかりのアルファなのだ。

だが、ベータの医者はおとなしく寝ていればいいとだけ言い残し、そそくさと家族のところに帰って行った。

「側にいるからね」

「うん……」

祖父江の目の縁は赤い。彼の手がおずおずと毛布から出て、マッシモを求めた。マッシモは彼の手を握りかえしてやった。

それから何度もマッシモはこのときの光景を思い浮かべることになる。あれは、特別な日だった。窓からは薄く濁ったような、冬の光が入ってきている。二人の部屋には、暖房が入っていてあたたかい。一歩部屋から出れば、寒々とした灰色の世界なのに。

「パジャマに着替えようか。ぼくが、手伝ってあげるから」

「わかった」

祖父江は、今までの彼とは思えないほどに従順だった。マッシモに言われるがままに脱ぎ、裸体をさらし、パジャマに着替えると再びベッドに横たわった。今の彼は、ただひたすら、呼吸をしているだけの人形に過ぎなかった。

マッシモが寝る前に自分の勉強机でお気に入りのゴッホの画集を見ていると、小さな声がした。

「ごめんな」

「ん？」

寝ているとばかり思っていた祖父江だった。

マッシモは、後ろを振り返る。寮の部屋はワンルームで、あとは小さなキッチンやバスルームがあるばかりだ。ベッドから、彼がこちらを見ていた。目ばかりが熱でぎらついている。申し訳なさげな顔だった。マッシモは、彼に微笑みかけてやる。

「なに？　急に」

「マッシモを、帰れなくしちゃった」

「気にしなくていいよ。島にはいつでも帰れるし」

「でも、クリスマスって、特別なんだろ」

それは否定しない。マッシモも、普段だったら、薔薇の島で弟たちや両親と一緒に過ごしているところだ。イタリア人にとってクリスマスとは、敬虔《けいけん》に神に祈り、家族と共に過ごす夜だ。今年は、日本で祖母と祖父に会ったあとは、イタリアに行き、島に帰るはずだった。島では珍しく雪が降ったそうで、弟たちが大喜びしていると彼方が伝えてきた。

「いいの。ぼくが決めたの。祖父江といるって。もう。今度謝ったら、口をつねるからね」

「ごめ……あ……」

祖父江はきゅっと唇を引き結ぶ。

「ん……」

そう言って、祖父江はベッドに深く潜った。

「とにかく寝てて」

そう言って、彼のベッドに行き、体重を預けて、上にかがみ込む。

「んー」

額にふれると、彼がまだ熱いのを感じた。祖父江は言った。

「マッシモが、いてくれてよかった。ひとりじゃ、耐えられなかったよ」

以前の祖父江だったら、マッシモに決してそんな弱音を吐かなかっただろう。もし一人残ったとしても、これで勉強が進むとばかりに、日々、打ち込んでいたのに違いないのだ。

だが、今の祖父江は迷子のようで、置いていくことなど、とてもできなかった。

祖父江の熱は、しばらく三十八度を下回ることはなかった。

医者は熱が出たほうが、治りが早いと言っていたけど、あまりに下がらないと心配だ。

それに、食べるものも心許《こころもと》ない。祖父江はほとんど水しか受け付けないし、自分はもそもそとオートミールを食べているだけだ。牛乳さえない。

渡し船に来てもらって、カールトンの町に渡り、買い出しをすれば、半日はかかるだろう。

(こんな弱った祖父江を残して、出かけられないよ)

マッシモが買い物をしているあいだ、どれだけ心細いことだろう。

考えこんでいると、携帯端末に着信が入った。

「誰だろ……」

見てみると、そこにはクレモンの名前があった。


守衛に挨拶をして、石の階段を下った。ここはカールトン校の正門前にある船着き場。

そこにクレモンが立っていた。

この灰色の修道院の建物には不似合いなことに、彼は赤いスーツを着ていた。サンタクロースか、と、マッシモは突っ込みを入れる。

「クレモン」

彼は、背後に袋を背負っている。よけいにサンタっぽく見える。

「こんなところで立ち話もなんだから、中に入れてくれよ」

守衛に許可は取ってあった。

「いいけど、どうやってここまで来たの」

「自分で船を漕いできたんだよ。しょうがないだろ。船は貸してやるが、自分は休暇中だから漕がないって言うんだから」

マッシモはクレモンを誰もいない広大なホールに案内した。その片隅にある椅子を持ち出してきて、二人して座る。

「なんだよ。こんな寒いところじゃなくて、おまえの部屋でいいだろ」

「遠いから」

「遠いって言っても、敷地内じゃん」

「だめ」

マッシモは、おのれでもビックリするくらいにきっぱりと言った。

「はあ?」

マッシモは、今の祖父江をクレモンに見せたくなかった。あんなに弱っているんだ。クレモンにいじられたくない。

「おまえ。こちとら、彼方におまえのことを頼まれて来てやったんだぞ」

「ありがとう、クレモン」

「クリスマスだっていうのに」

「ほんとにありがとう」

「だから」

「でも、だめ」

「なんでだよ」

「なんででもだめ」

わからない。でも、絶対に絶対にいやだった。

「はあ……。まあ、いいよ」

にやっとクレモンは笑った。

「あれか。惚《ほ》れたか。同室は日本人の子だって？　カステリーニは黒髪に弱いからな」

「そんなんじゃない。だいたい、祖父江はアルファだし」

「どうだか」

クレモンはすぐにそんなことを言う。良くも悪くも、色事がクレモンのすべてであり、そこが彼の思考の根幹なのだ。

「違うってば。でも、今の祖父江はぼく以外は会わせられない」

「ふーん。へえええええ。おまえがねえ」

クレモンは、彼なりに納得したらしく、ホールの椅子にガタガタと座った。

「ま、これは貸しな」

袋から、次々と物が出てくる。ほんとうに、サンタクロースみたいだ。

「おまえでも作れそうな日本食のレトルトだ。パックのごはんにおかゆ、惣菜《そうざい》のたぐい。あとはパン、コールドミートに缶詰と果物と牛乳。それから紗栄子に渡された、おまえのグランマの梅干し。このぐらいあれば年明けまでなんとかなるだろ」

年が明けたら、学園内には清掃が入るし、そうなったらハウスメイドに買い物を頼めるようになる。

「ありがとう」

こんなことなら、料理をちゃんと習っておけばよかった。親友が寝込んでいるというのに、おかゆひとつ、自分では作れないのだ。

「でも、これがあれば」

レトルトは偉大だ。おかゆが出来上がった。マグカップに入れて、梅干しを飾る。そこにスプーンを添えた。

「とりあえず、見た目はおいしそうだ」

ひとりごとを言って、祖父江のところに運んでいく。サイドテーブルに置いて、祖父江を起こした。

「おかゆ、作ったんだけど、食べる?」

祖父江はパチリと目をあけた。

「作った? マッシモが?」

よかった。口を利いてくれた。帰ってきてから四日。頬骨が目立ち、目はくぼんでいたけれど、今、わずかに生気が戻った。

「正確には、できあいのを温めた、だけど」

「ああ、なら、安心だ」

そんな憎まれ口さえ、叩いた。彼の上体を支えて、ベッドの上に身を起こさせる。トレイをベッドの上に置く。

「どうしたの、これ。カールトンにこんなの売っている店があったなんて知らなかったよ」

「カールトンには売ってないよ。おじさんに来てもらった」

祖父江が顔をしかめる。

「ここに？」

マッシモは内心で、やったと快哉《かいさい》を叫んだ。思ったとおりだ。

「大丈夫。大丈夫だから。おじさんはこのハイハウスまでは入ってきてないよ。食堂で渡してもらって、帰ってもらったからね」

「ああ、よかった」

ほっとしたように、祖父江はその身体を弛緩させた。

（そうだよね）

そのときにそう、マッシモは思った。

ここは二人だけの場所だものね。そして、今は祖父江はぼくのものだ。ぼくがお世話して、元気にする。

祖父江はそう、巣から転がり落ちてしまった、傷ついた野生のヒナなんだ。だから、今、彼のことを世話してあげるのはまったくもって普通のことだし、なんだったら、とってもいいことなんだよ。

マッシモが、手にしたスプーンにのったかゆをフーフーとさましたあと、祖父江に差しだす。祖父江は、ゴクリとスプーンからかゆを食べた。赤い唇は、熱を帯びて熟れていて、幼くか弱い少女のようだった。そう、あの少女のはかなさが乗り移ったかのように。それは、神神しくすらあった。

「祖父江。身体を拭かない？」

「いいよ。そんなの」

そう言った祖父江が、かすかに顔を赤らめたので、ドキリとした。以前だったら、彼はこんなにしおらしくなかっただろうし、祖父江のそんな顔を見てもマッシモはまったくなにも思わなかった自信がある。だが、このときは、ドキドキした。

なんだろう。この変化は。

帰りの飛行機の中で、彼の暗い穴を見てしまったとき。

彼の失ったものの大きさ、その欠落を知ったとき。

そこにきゅうと吸い寄せられてしまったみたいだった。

湯を沸かし、持ってくると、彼のパジャマを脱がして、布で身体を拭いた。うつろな目の彼は、マッシモに身を任せていた。その寄る辺《よるべ》ない旅人のような目、虚無を映す瞳。

かつて休暇前、この学校にはたくさんの生徒がいた。騒がしく、人がひしめいていた。同じ顔、同じ授業、同じ会話。点呼があれば「イエス、サー」と返答する声。それなのに、どうだろう。学校は、とても終業から十日とは思えないほどに古びている。うっすらと埃《ほこり》をかぶったこの寮の中で、ただ二人だけ、この部屋だけが生きている。ここから一歩も出なくてもいい。このままずっと、この中で暮らしたいとさえ、マッシモは思った。

クリスマス当日になっても、祖父江はベッドから離れられなかった。マッシモは知っている。彼の身体は治ろうとしている。だが、祖父江の心がそれを拒否する。

二人は窓から川越しにクリスマスの灯火《ともしび》を見た。

「クリスマス、おめでとう」

そうマッシモが言うと、祖父江はしみじみと言った。

「さゆみのいない、クリスマスだ」

これから何年、俺はこうして伴侶のいないクリスマスを迎えねばならないのだろうと、そう口では言っていなかったが、横顔で語っていた。

祖父江は祝福を述べなかった。

祖父江の心は、まだ喪に服しているのだった。

「俺、あいつを助けることばっかり考えていたから。どうしたらいいのか、わからないんだ」

彼は、そう言った。

「なんでもいいよ。祖父江の行きたいところとか、見たいものとか、したいこととか。つきあうよ」

祖父江は、顔をしかめた。自分の頭の中の様々なことを、彼は浚《さら》っているようだった。それから、彼は言った。

「ないな。何もない。俺にはもう」

祖父江は、ぐるぐるしている。彼女のことをどうおさめていいのか、わからない。

「ここに来なきゃよかった。離れなきゃよかった。彼女が行ってきてって言うから」


年が改まれば新学期の足音が近くなる。

「どうしよう。頼まれた絵、まだ描いてないや」

マッシモは迷う。

「ここなら、邪魔にならないかな」

ミニキッチンの入り口のところに、マッシモはイーゼルを立てた。祖父江が見える位置だった。そこでマッシモはスケッチブックの下描きを見ながら、張ったキャンバスに下絵を描き始めた。

マッシモは描いている最中は、絵に集中してしまう。そのときも、祖父江が起き出し、熱心に覗き込んでいたことに気がつかなかった。

「これ、なに？」

声をかけられて初めて、祖父江が裸足《はだし》でパジャマのまま自分の背後にいることに気がつき、マッシモは文字通り、椅子の上で飛び上がった。

「……そ、祖父江？」

「これ、なに？」

舞踏会の絵だった。キャンバス上では、何組もの男女が胸躍らせて踊っている。ドレスは裾が長いヴィクトリア風。この国が一番傲慢《ごうまん》でおかしみさえ感じるほどに強さを求めていたころの服装だ。先生にはきっとこのほうが受けるだろうとマッシモは確信していた。

「これは、なに？」

「油絵だよ。油絵、描いたことないの？」

「ずっとサッカー部だったし、水彩しか描いたことない」

彼の目がパレットに惹《ひ》きつけられている。ドレスの陰の色を赤にしたので、そこに塗り重ねるために絵の具を出したのだ。そのほかにも、緑や黒や白、パレットには様々な色彩が並んでいる。

（あ。祖父江。目が生きてる）

空虚だったその目はなにかにとりつかれたように、パレットを見つめていた。

そう言えば、メンタルクリニックの療法で、絵を描いたり、箱庭を作ったりってあったような気がする。

「描いてみる？　待って、今、キャンバスを用意するから。あと、上にいらないシャツをはおってね。じゃないと汚しちゃう」

マッシモが場を離れた隙に、祖父江がパレット上の絵の具に指を突っ込んだ。「あ」と叫ぶ間もあらばこそ、彼は指で絵の具をこねる。そして、マッシモがあけておいたスケッチブックに、なすりつけた。

（なに、なに？　なんだろう。この色は）

色は赤なのにそこに緑や青や黒が混じり、まるで傷口に見えた。これは血の色だ。

彼が感じ続けている世界だ。

薔薇の島に住み、のほほんと暮らしていた自分には、決して出せない色。

祖父江の傷口、彼の体内を覗き込んでいる。そんな気がした。その色から、しばらく目が離せなかった。

それから、はっと気がついた。祖父江はいきなり立ち上がったのと、興奮状態になっているのとで、肩で息をしている。

しまった。彼をこんなふうにさせてはいけなかった。ベッドで安静にさせなくては。

最近、口にしたのは白がゆに梅干しだけだったというのに。もっと気をつけてやらねばならなかったのだ。

彼の指をぬぐうと、ベッドに寝かせる。

「マッシモ。俺、絵を描きたい」

祖父江はそう言って、マッシモの袖口を強く摑んだ。彼の目には、今までの死に向かう負の引力だけでなく、強い渇望が浮かんでいた。その力に、マッシモは気《け》おされる。

気おされる？

自分が？

この、次期ワイヤープラーたるマッシモ・ニシナ・カステリーニが？

「頼む、マッシモ」

なんてことだろう。だけど、彼を振りほどくことができない。祖父江は目を伏せた。

「ああ、俺、おまえに甘えてばっかりで、情けねえな」

それは、その通りなのだろう。

自分と彼は、同室になっただけの他人だ。自分は、彼の親でも兄弟でもましてや恋人でもない。

だが、その他人とこのように強い絆を結ぶことがあるのだ。

マッシモは迷うことなく、彼に答える。

「いいよ。甘えればいい。たくさん、甘えていいよ。祖父江が少しでも元気になってくれれば、嬉しいもん」

祖父江は、眩《まぶ》しげな顔でマッシモを見つめた。いぶかしげな顔だった。

「そうなのかな。俺、元気になっているのかな」

「うん。きっとね。祖父江、今日はプロシュート《イタリアのハム》のサンドイッチにしようね。それぐらいならぼくにも作れるから。そうして、コーンスープもつけよう。牛乳を入れてね。それで、ちゃんと休憩をとってぐっすり寝ないとだめだよ。ちからが戻ったら、ぼくでよければいくらでも教えてあげるよ」


情けねえな、またそう、祖父江は言った。

マッシモの作った、サンドイッチとは名ばかりで、プロシュートをのせてマヨネーズを上からかけてふたつに折ったパンを食べながら。

「腹は減るんだな……。情けねえ……」

これには、反論できた。

「情けなくないよ」

情けなくなんて、ない。

「生きているんだから、あたりまえのことだよ。ただ、それだけだよ」

「ただ、それだけ、かあ」

「おいしいよね。パンとプロシュートがいいからね」

そのサンドイッチは不格好にもほどがあった。マッシモは、こうして食べるよりも、正直バラバラにして食べたほうがおいしいと思ったほどだ。

「機会があったら、彼方にこっそり、ごはんの作り方を習っておくよ」

「こっそりなのか？」

「たぶん彼方は教えてくれるけど、他の人には止められちゃう。そんなことさせられないって言って」

「そうか。マッシモは地元じゃ若様なんだものな」

あいつの絵を、描いてやりたいんだ。そう、祖父江は言った。

あいつ、というのが、彼の「委員長」、志藤さゆみであることは言わなくてもわかった。

「親に聞いたんだけどさ、あいつ、俺に会ったときには、もう、ゆくゆくは心臓が止まることがわかってたんだって。俺がカールトンに行くときに、寂しかったけど、ほっともしたそうだ。具合が悪いのを隠さなくてもいい。やつれて、みにくくなっていく自分を見せなくてもすむ、嫌われたくないからって」

バカだよなあと、彼は言った。

「なに言ってんだろうな、あいつ。どんなになっていたとしても、俺の心が離れるわけないじゃん。俺にとって、一番きれいなのは、あいつだ。息を吸って、吐いて、俺に話しかけて、『しっかりしなくちゃだめよ』って励ましてくれる、『世界で一番あなたが好き』ってささやいてくれる、そういうあいつだ。だから、俺は描いてやるんだ」

女性の身体を描く。それはなかなか難儀な相談ではあった。

「時間がかかるよ。女性モデルを雇ってヌードデッサンしたほうがいい」

クレモンあたりに聞かれたら、「いいな、俺も、デッサンやろうかな」とか言いだして、紗栄子に冷たい目で見られそうだ。

だが、祖父江の反応はまるっきり違っていた。

「ヌードデッサン？　俺、さゆみ以外の女の裸には興味ないぜ」

「そうじゃなくて、女性の身体っていうか、人間の身体は複雑なんだ。その形を描くには、訓練がいる」

「ああ、こういうんだったら描けるけど」

祖父江はスケッチブックに鉛筆を走らせた。そこには次々と女性の身体が描かれていく。詳細で、まるで目の前にあるかのようにリアルだった。

彼にまさかそんなことができるとは思わなかったので、マッシモは正直驚いた。

「どうして？　特に絵を習ってはいなかったんだよね？」

「医者に、なりたかったから。筋肉とか、臓器とか、骨とか調べるのが好きだったんだ」

「なるほど」

となると、あとは油絵の技術になる。とにかく実際に描いてもらうのが早い。


彼の絵が出来上がっていくのを、マッシモは見ていた。祖父江は、迷わなかった。最初から決まっていたかのように、迷いなく、絵筆を動かしていった。素晴らしい速さで、ともすればマッシモと約束したことを忘れて、寝食そっちのけで打ち込みそうになる。

そうなると、彼の熱はぶり返した。あぶられているような体温になった。

「だめ、だめ」

そう、マッシモは言った。

「だめだよ、祖父江。約束しただろう」

マッシモは絵筆を持った彼の手を縫いとめた。

「もう、ごはんの時間だ。ぼくの作るものだから、たいしたものじゃないけど、ちゃんと栄養をとらないと、また倒れてしまう。そして、そのあとにはお風呂に入って、眠らないといけないよ」

祖父江は不服そうな顔をしたが、マッシモに従った。それでも、彼はレトルトの野菜スープや親子丼、卵焼き、それらを残さず食べきることができるようになっていた。

寝る時間になり、横になってからも、彼の指はしきりに架空の筆を動かしていた。それを見ながら、祖父江はおのれの命を懸けてこれを描いていることをマッシモは感じた。そうせずにはいられないほどに、彼女は、彼のすべてであったのだ。

祖父江の指の動きが止まったかと思うと、彼はパタリと眠りに落ちていた。

眠るというよりは、気絶に近かった。

「そうだよ。よく寝ないとだめだよ」

少しでも休んだほうがいい。そのほうが、早く回復する。もっともそれは、彼の本意ではないかもしれないけれど。

絵が完成したら。

そうしたら、自分たちはどうなるんだろう。またもとのルームメイト、仲のいいアルファの親友に戻れるんだろうか。それを自分は望んでいるんだろうか。

答えの出ない問いをマッシモは発し続けていた。

クレモンの電話はいつもやかましい。

負けじと大声を出してしまうので、マッシモは廊下に出て突き当たり近くで話していた。

『休みには、一回ぐらい、帰れよな』

「ごめんね。たぶん、むりじゃないかな。今、目が離せる状況じゃないんだよ」

『おいおい、もしかして、まだあのルームメイトにかかわってんのか？』

「かかわっているわけじゃないよ」

『かかわってるだろうが。こっちでは、紗栄子にチクチク嫌みを言われて、なかなかつらいんだからな。マッシモの顔が見たいんだとよ』

きゅうっと、マッシモの胸は高鳴る。紗栄子。彼方の腹違いの姉。そして、自分の育ての母。ギクシャクとした家族の中、それでも努力して、幸せを追求した人。いとしい人。今はクレモンの妻となり、二人目の子どもをお腹《なか》に抱えている。

「ごめんね。今度の休みには帰るから」

『惚れてるんだろ？』

「またそれ？　違うって言ってるでしょ。そんなんじゃないってば」

そうじゃない。これは、同情？　共感？　そういうものだ。フフンとクレモンは鼻で笑った。

『どうかな。おまえは自分をキューピッドだとか言って、恋愛ごときに右往左往する俺たちのことを笑ってたのかもしれないけれど、俺から見れば、まだ恋のレースに走り出してさえいない、ひよっこなんだからな』

「もう、切るよ。廊下は暖房が入ってないから寒いんだ」

そうして引き返してみると、そこでは祖父江が、すでに起き上がって絵筆を取っていたのだった。鼻の頭をこすったのだろう。絵の具がついている。その絵の具の色は、緑だった。

そうして。

あと二日で新学期が始まるというときに、絵は描き上がった。

技術に関しては、いろいろと申したいものがあった。だが、その絵はまるで末期のゴッホのそれだった。

絵のなかには彼の命が詰まっていた。彼の愛、どうしても描かずにはいられない執念が込められて、こちらを見つめていた。

それは女性の絵だった。顔立ちは明らかに委員長こと志藤さゆみのもので、両手は胸の前でかたく組み合わされている。彼女は眼《め》を閉じ、頬は白い。服も白く、さらに白い百合の花に囲まれており、それが彼女の柩の光景であることは、疑いようのないことだった。

白一色に見える百合は、実際にはいくつもの色が重ねられ、最後には盛り上がって見えた。

祖父江は立ち上がると、その絵を見下ろした。それから、二、三歩下がるとそこから見た。満足そうに彼はうなずくとまた近づいていった。

そのときに彼は休日によく着ていたシャツをはおっていた。そのシャツを着て、二人は何度、町に出かけただろう。マッシモはよく、彼ののろけ話を聞かされたものだった。

あのときと比べて、今の彼はどうだろう。

頰がこけ、目ばかりが光り、シャツの袖からは手首が細く突き出している。

「さゆみ、きれいだよ……」

彼はそうつぶやくと、膝から崩れて、床に身を伏せた。そのまま、彼は動かなくなった。

「祖父江！」

マッシモは慌てて近寄る。だが、彼は精根尽きて眠っているだけだった。

「祖父江、起きて。ねえ」

彼のほうが身体は大きい。マッシモには、彼をベッドの上に運ぶだけの力はなかった。しかたなく、毛布を掛けてやる。彼が目を覚ましたら、医者に連れて行こう。

マッシモも彼の横に座る。さゆみの、委員長の絵に話しかける。

「ぼくは、きみが、ほんの少しだけ、うらやましいよ。彼の、絶対の愛をきみは知っているんだものね」

人間には二回の死が訪れるという。肉体の死と記憶から消える死と。だとしたら、祖父江ある限り、彼女に第二の死は訪れまい。

ねえ、委員長。だからきみは、言ったの？　生きてくれと、願ったの？

絵の中の彼女は眼を閉じて、なにも語らない。

マッシモは、このひとときが、終わりかけていることを悟っていた。

終わらないで欲しい。

そう、マッシモは願った。

終わらないで。もうずっとぼくだけを見ていて。ぼくも祖父江だけ見てるから。

こんな気持ちになったのは、たぶんあなたのせいだ。百合の花の中に横たわる少女に、マッシモはそう訴える。

もし、志藤さゆみが生きていたら、自分はこんな気持ちになりはしなかっただろう。

あなたがいなくなった傷口が、その欠落が、あまりに痛々しくてそして美しくて、ぼくは虜《とりこ》になってしまった。

祖父江は貴重なアルファ友達で。元のように元気になってくれたら嬉しい。同情と共感。そう思っているのは事実なのに、ここまでつきあったのは、おそらくはもっと違う感情からだ。

それになんと名前をつけていいのか、わからない。今はまだ。

夜中、十二時の鐘が鳴り、シンデレラの帰還の時間になった。祖父江は目を覚ました。彼はもそもそと毛布を落として起き上がり、汚れたシャツを着ている自分を見た。彼の目の焦点が合っている。

彼は床であぐらを掻《か》くと、自分の描いた絵を見つめた。しばらくして、立ち上がった。

「もう、さゆみはいないんだな」

そう言うと、彼は絵筆を洗い、しまい、スーツケースを引きずり出してきた。自分に割り当てられた作りつけのクローゼットを開くと、中からコートや衣服を取りだし、詰め始める。

「祖父江？　なにやってんの？」

「日本に帰るんだよ」

　こともなげに彼は言った。

「ちょっと待ってよ。じゃあ、きみはなんのためにここまで帰ってきたんだよ」

「けりをつけるため、かな。あいつのいたところじゃ、いつまで経《た》っても、あいつの幻から逃れられそうになかったからな」

　ようやく納得したんだと彼は言った。暗い瞳だった。そこにはもう、あの大きな穴はあいておらず、彼が新しく生まれ直したことが、マッシモには感じられた。

　昔、彼方が言っていたっけ。

「自分のお腹が大きくなっていって、産み月が近づくにつれて、思わずにはいられなかったよ」

　マッシモを身ごもった、その当時のことを語ったときだ。

「すごく、バカみたいなんだけど。このまま、マッシモのことをおなかから出さずにいられたらいいのになあって。そんなこと言ったって、マッシモは日々大きくなるし、お腹をトントン蹴《け》ってくるしさ。だけど、ぼくの唯一の、ミケーレとの証《あかし》だったから」

　彼の言葉を、マッシモは聞いていた。そして、記憶していた。だが、その彼の言葉を、理解できたのは今だ。どうしようもなく、時間は過ぎてしまう。止めることはできない。

生きるというのは、動いていくことで、それをとどめることなど、できはしないのだ。

「ここをやめるの？」

「うん。いてもしょうがない。俺にはもう、授業についていくことはできないし」

そんなにも、彼の一部であり、大切であった彼女。

でも、でも。

マッシモは彼に訴える。

「また会えるよね、祖父江。ぼく、休みには日本に行くよ。それから、ほら、約束したよね。薔薇の島に遊びに来てくれるって言ったじゃない」

「ああ、あれな」

素っ気なく、祖父江は言った。

「あれは、できない」

「はい？」

冷たく言って、こちらを振り向きもしないで彼は荷物を詰め続けている。

「日本にも来ないでくれ。来ても、おまえとは会わないから」

「どうしてそんなこと。ずっとぼくたち、楽しくやってきたじゃないか」

マッシモは泣きそうになっていた。

「今までのあれはなんだったの。ぼくしかいないって言ったじゃないか。マッシモがいてくれてよかったって、言ってくれたじゃないか」

「……」

「ぼく、きみのためにクリスマスを返上して、ここに残って面倒を見たのに」

いやいや、ぼくはいい子。キューピッドのマッシモだぞ。聞くに堪《た》えないような、けちくさいことを、なんで口にしているんだ。こんなの、ぼくじゃない。

それなのに、なんでだろう。止められなくなっている。祖父江はもうすっかり、ぼくに愛想が尽きているのに。自分と縁を切るために片づけ始めているのに。

「帰らないでよ。祖父江」

マッシモは祖父江を背後から抱きしめた。

「ずっとぼくの側にいてよ。一緒にここにいて、卒業しようよ」

祖父江は肩をゆすって、マッシモを振りほどいた。

とりつく島もない、冷たく、素っ気ない態度だった。ついこのあいだまで、マッシモがいなくては食事もとれなかった祖父江なのに。

「もう、決めたんだよ」

そう言う祖父江の声はさめていた。

「俺は、おまえに、感謝するべきなんだろうな。それはわかっている。マッシモ、おまえはいい奴で、俺のことをきちんと面倒見てくれた。おまえのおかげで俺は助かったんだ。だけど、俺は、おまえが側にいると……」

祖父江は口ごもった。

そして、なにかを小声で言った。

「え、なに？」

つらい？　嫌い？　ううん、もっと長い言葉だったような。

「……なんでもねえよ」

ぶっきらぼうに言うと、祖父江はこちらを向いた。困ったみたいに見つめ続けていた。それから、はーと息を吐いた。

「もう、おまえには会いたくない。みっともないとこ、見せたな。恩知らずでごめんな。ああ、謝ると、おまえは怒るんだよな」

そのときだけ、祖父江は笑った。ほんの少し、昔の彼に戻ったかのようだった。

彼は描いた絵に手をかける。

「この絵はおまえにやるよ。燃やすなり捨てるなりしてくれ。俺は、いらない。これは、単なる残りかすなんだ」

そう言って、祖父江は病み上がりで肩で息をしていたのに、出て行ってしまった。彼は川を渡り、振り向きもせずに、対岸に渡った。

まだ彼のノートやタオルや、描き散らかした絵の具が、部屋の中にはあって。彼の世話を焼いたり、絵を教えたりの名残が色濃いのに。


最後に眠りにつくまでは、彼はあんなに自分のものだったのに。あの眠りのあいだに、なにがあったというのだろうか。あの数時間は、彼にどんな変化をもたらしたというのだろう。

一人の部屋は自分でも驚くほどに広くて、がらんとしていて、マッシモは驚いた。

新学期が始まった。朝、起きてもひとりきり。おはようを言う相手はいない。くったくなく、話せる相手もいない。

楽しい学校。カールトン校。最高の日々。ハイハウスの充実した生活。

それは、祖父江がいたからだ。祖父江が特別で、彼ゆえにカールトン校はマッシモにとって素晴らしい場所だったのだ。

祖父江のいない学校は、ここに来るまでの同い年の男の子との付き合いと同じだ。

やっかみ、嫉《そね》み、押さえつけようとしたり、むやみに信じ込んできたり。そんなことばかり。

祖父江がいない学校は、つまらない。いても、意味がない。

ことの次第を話す相手は、クレモンしかいなかった。電話の向こうでクレモンは嬉しそうに言った。

『おいおい、なんだよ。ふられたのか？　よくあることだって。そんなに落ち込むなよ』

「ふられてもいないし、落ち込んでもいないよ。クレモンはいっつもそうなんだから。すぐに惚れた腫《は》れたに結びつけて。世の中、そんなんばっかりじゃないんだから」

『だって、おまえを見てると俺は初恋を思い出すからな。そばかすの可愛い子でさあ。俺はキスをせがんだもんだよ』

「ぼくはキスをせがんだりしてないよ」

『でも、特別だって思ったんだろ。クリスマスも新年も、クレモンおじさんやミケーレや彼方や紗栄子、弟たちよりも、そいつといるほうが、ずっと大切だと思ったんだろ』

「クレモンのそれは、屁理屈《へりくつ》だよ」

『はっはあ、まあ、そういうことにしておくよ』

クレモンは、じつに楽しげに笑った。マッシモをやっつけることができるのが、嬉しくてしかたないかのようだった。

『帰ってきたらどうだ、マッシモ』

そう、クレモンは言った。

『彼方も紗栄子も、それからミケーレも、寂しがってるぞ。クリスマスプレゼントは、おまえの馬だったんだ。白くてきれいな馬だぞ。乗ってみるといい』

「もう、クレモン。赤ちゃんじゃないんだから。ぼくの機嫌を取るの、やめてよ」

『おまえはアルファでミケーレの息子でカステリーニの次期当主だけど、俺にとっちゃ、まだまだひよっこだよ』

優しい声だった。

「うん……。そうする……」

『よしよし』

クレモンのこういうところが、きっと、紗栄子は好きなんだろうなと、マッシモは考えた。

マッシモは、結局、薔薇の島に帰ることにした。そこで、大学に入る勉強をしようと思った。そのほうが、このままカールトン校にいるよりも、数倍ましだった。

クレモンには「初失恋だな。カステリーニは黒髪に弱いからな」とからかわれた。

クリスマスプレゼントだった馬はメスで色は白。名前は『エーデルワイス』。

彼女は優しい目をしている。マッシモは一目で彼女を好きになった。まだやんちゃなその馬は、マッシモを見ると、すり寄ってくる。

馬は温かく、湿っている。マッシモは、自分の手で彼女の世話をするのが好きになった。

そうしながら、よく考えていた。

祖父江は、ぼくのどこが気に入らなかったんだろう。ぼくが祖父江を困らせたのかな。だから、あんなふうに去っていったのかな。

でも。

あのときの祖父江を、放っておくことはできなかった。

ぼくのしたことは、正しかったのだろうか。

なんど問い直してみても、答えはいつも「わからない」だ。

だけど正しいとか、そういうのを抜きにしてぼくは、そうせずにはいられなかったんだ。

祖父江も今、どこかでぼくのことを思い出してくれているのならいいのに。

別に、感謝して欲しいわけじゃないけど。でもあれは、自分にはすごく貴重だったんだ。

それなのに、結局は祖父江とはわかり合えないままだった。

祖父江はもう、ぼくのことを嫌いになってしまったんだろうか。

自分の手から食事をした彼。

自分にしか懐かなかった彼。

いつか、もし、会えるときが来たら。そのときには、なんて言って話しかけよう。笑いかけることができるだろうか。ほかのひとに対するのと同じように。

「だめだなあ。想像できないや」

なにも浮かばない。

それもそのはずだ。自分たちは、伴侶じゃない。つまりは、磁石の片方ずつじゃない。本来は、あんなふうになるはずじゃなかったんだもの。

エーデルワイスが厩《うまや》で敷き藁《わら》を片づけるマッシモにしきりと顔をすり寄せてくる。くすぐったい。

「わかったよ。走りたいんだね」

マッシモは馬の背に鞍をのせると、厩から引き出す。マッシモは騎乗すると、軽やかに薔薇の島の丘を登る。羊が、もうすぐ毛刈り時期でもこもこしている。空は晴れていて、ずっと以前、ミケーレの前に乗ってこの丘の上、馬で立ったことを思い出した。

「愛がなにか知らなくて……」

マッシモはふと思う。

そういえば、キューピッドことアモールはプシケに会ったときに自分の矢で足を刺しちゃったんだっけ。そうして、相手を好きになっちゃったんだよね。

――カステリーニは黒髪に弱いからな。

クレモンはそんなことを言う。いや、違う。

彼に恋なんてしていない。

だって、自分たちは友人同士で。アルファ同士で。そういう間柄じゃない。

ただ、わからないだけ。

眼を閉じると、彼のことが浮かぶ。さんざん笑い合ったり軽口を叩いたり、勉強を教え合ったりした、あの日々のこと。

うつろな目をしていた彼。かゆをこの手から食べた彼。そして、冷たく「おまえとは会わないから」と告げた彼。

なんで、どうして。

エーデルワイスがいななき、走ろうと背中のマッシモを振り返る。マッシモは苦笑して、ごめんねと優しくたてがみを梳《す》いてやった。

「さあ、帰ろう！」

丘を一気に下っていく。

そのようにして、祖父江芳明は、マッシモの最大の謎になったのだった。

■東京

誰にも救えないものが、自分の中にあることを、祖父江芳明《そふえよしあき》は知っていた。

東京のアパート。室内のどこかで携帯端末がメッセージの着信を告げた。きっと母親だろう。いい加減、返信してやらないとこの部屋まで乗り込んできてしまう。

だが、面倒くさい。

ワンルームの室内は荒れている。

絵の具が散乱し、画集が乱雑に積まれている。

今年、祖父江芳明は二十一歳になった。十五のときから、あまり身長は伸びていない。髪は自分でできとうに切っているので、好きなほうにはねている。鏡を見ると、どこかうつろな自分の目つきにうんざりする。こんな歳《とし》まで生きるなんて思ってもいなかった。

二年浪人したあと、美大に進んだのには、特に理由はない。強《し》いて言えば家から出たかったからだ。

実家の隣には志藤《しとう》さゆみ、亡くなった自分の伴侶《はんりょ》の家がある。見ればどうしても思い出してしまう。

彼女の父親は食品会社の重役なのだと聞いたことがある。よくピアノの音が聞こえていた。

その音聞きたさに庭に入り込んでいった。

さゆみは本当にピアノが好きだった。

長時間のレッスンに耐えられる体力があったら、きっと彼女はピアニストの道を歩んだことだろう。

彼女がピアノに向かい合う姿が好きだった。そのとき、彼女は真剣で、自分がそばにいることも、聞き耳を立てていることにも気がつかないで、ただひたすらにピアノと音楽に向き合っている。彼女の弾く曲は彼女そのもので、間違ったときに何度も何度も同じ箇所をやり直すときなど、祖父江は拳《こぶし》を握りしめ、心中で応援した。

(がんばれ、がんばれ!)

ひとしきり弾き終わり、彼女が髪留めを外し、その長い髪をかきあげながら満足そうに息を吐く。そのときになってようやく彼女は、祖父江が部屋の外にいることに気がつくのだ。

「やだもう。いるならいるって言ってよ」

「邪魔しちゃ悪いと思ってさ」

もう二度と彼女がピアノを弾くことはなく、聞くことができないのだと思うと、どうしてあのとき、自分はあれを映像や音源で残しておかなかったのだと後悔する。

でも、それは当然のことだったから。ずっとずっとあのときが続くと思っていたから。丸い輪のように自分と彼女の間は続くと信じていたから。それがあんなふうにいきなり放り出されるとは。

「バカだよな、俺は」

あんなに彼女を愛していた。それに間違いはない。それなのに祖父江は最近、志藤さゆみの顔が思い出せなくなっている。

「……なんで……」

祖父江の家は代々医者で、母親は看護師。兄二人は両方とも医者になっている。その中での美大入学は異色の進路になるわけだが、両親は何も言わなかった。さゆみを失ったときの自分があまりにも悲痛な声をあげていたからだろうと、祖父江は思う。

このまま忘れていってしまうのだろうか。あんなにも強く思い続けたというのに？　自分が彼女を思っていた気持ちは嘘だったのだろうか。

違う。

ただ、あまりに早く出会い、完璧《かんぺき》で、純粋でありすぎたのだ。祖父江は自身の潔癖さゆえに、傷が癒えることを許せなかった。何度も何度もかきむしり続けた。

その傷を癒えさせてしまうことを、なによりも恐れている。

祖父江の中に彼女がいなくなったときに、彼女は二度目の死を迎えることになる。それは自分がこの世からいなくなるよりもずっとずっと恐ろしいことだった。

（そんなことは許さない）

祖父江はそう自分に言い聞かせた。

あと少しで午前が終わるという時間だった。大学のある駅について階段を下っていった祖父江の胸は大きく高鳴った。

階段の下にいたのは、手に絵はがきを持った若い女性。長い髪が揺れている。紺色のスーツのスカートから見える脚はスラリとしていて、低めのヒールを履いている。清楚《せいそ》な中にも、女性の色香を感じさせる。それより何より祖父江が惹《ひ》きつけられてやまないのは、彼女の顔立ちだった。

（さゆみ……！）

祖父江の唇がわななくいた。その女性は、志藤さゆみにそっくりだった。正確にはもう少し成長していたら、きっとこうなったであろうという顔立ちをしていた。

しかも、彼女はオメガだった。

目が合った。

向こうもこちらがアルファであることを悟ったのだろう。「あ……」と唇が開いた。

噂《うわさ》には聞いていた。

この駅では、たまに絵画の詐欺《さぎ》商法がまかり通っているから気をつけるようにと。ああ、これがそうなのかと、祖父江はあらためてその女性を見た。

「あ、あの」

彼女は困ったように祖父江のことを見返している。祖父江は彼女に近づいていった。

「なにか」

すぐに逃げ出せるように、彼女は警戒している。

「きれいな絵はがきだね」

「でしょう?」

パッと彼女の顔が輝いた。

(ああ、駄目だ)

「私の友達がこれ描いてるんですよ。それでね。この近くでほかの画家と合同で展覧会やってるんです。お客さんが来てくれると、友達すごく喜ぶと思います」

ついて行ってはいけないと理性ではわかっているのに、自分の心が制御できない。目の前のこの女性を、さゆみにそっくりな人を喜ばせてやりたい。

祖父江はたずねた。

「どこでやってるの?」

「そこの角のビルです」

「行ったらきみは嬉《うれ》しい?」

彼女は顔を輝かせた。

「もちろんです」

「じゃあ、行くよ」

祖父江の物言いが不自然だったのだろう。彼女はつかの間、こちらを覗《のぞ》き込んできた。だが、「そうですね。さ、行きましょう」、無邪気に言って腕を組んできた。

きれいな女の子がこんなふうに接触してくる。普通の男だったら有頂天になるだろう。

「そうだね」


思ったよりも盛大に絵画の展示会は行われていた。ビルのワンフロアが貸し切りだ。どの絵もどこかで見たような、水棲生物とか、空を飛んでいる風船とか、そんなモチーフだった。しかも、お粗末な技術のシルクスクリーン版画だ。自分が値段をつけるとしたら、いくらにするだろう。

「五千円」

ぼそりと祖父江はつぶやいた。

「え、なんですって？」

「いや、なんでもない」

会場には他にも客がいて、さかんに交渉が行われていたが、そのうちの何人かはサクラであろうと見当をつけた。

「お兄さん、名前はなんて言うんですか？」

彼女が聞いてきたので、「祖父江芳明」と答える。

「私はアカネって言います。じゃあ、芳明さんはどの絵が一番好きですか？　アカネに教えてください」

彼女はそう言って、祖父江の手を取る。

どの絵も別に好きじゃない。それが正確な祖父江の答えだった。だがそう言ったら、アカネを悲しませてしまうから。

「これかな」

一番近くにあった、水中を泳ぐ古代竜を描いた一枚をさした。アカネが両手を叩く。

「さすがです。芳明さん、すごく見る目あるんですね。その画家さん、最近ものすごく人気が出てきて、今回取り扱わせてもらうの大変だったんですよ」

「そうなんだ」

「はい」

「じゃあ、買わせてもらうよ」

「え、え？」

アカネは大いに戸惑っていた。

「いいんですか？」

「買えるんだろう？」

「はい、もちろんです。あの、そしたら、安くしてもらえるかどうか聞いてきます」

「いいよ」

「は？」

彼女が目をまん丸にしている。自分から罠《わな》に飛び込んでくるような人間はそうそういないだろう。

「あの、祖父江さん？」

「いいよ。安くしてくれなくて。そのままの値段で。ローンになっちゃうと思うけど、いくら？」

「お客様」

気がつけば背後に三十がらみの男がいた。彼は丁寧に頭を下げている。きちんとしたスーツを着ているが、剣呑《けんのん》な気配がしていた。

「ご契約ありがとうございます。どうぞこちらへ」

「木村《きむら》さん」

男について奥のドアに向かう。そのときに、アカネが祖父江のシャツの裾を引いた。「行ってはだめ」というように。

いきなり拳が降ってきた。

「てめえ、なんのつもりだ？」

木村はすごんだ。祖父江は事務室の床にしりもちをついて、口の端に滲《にじ》んだ血を手の甲で拭《ぬぐ》う。

「なんのつもりもないだろう。ここは絵を売っているところじゃないのか？　買おうと言っているんだ。何が悪い？　言っておくが俺は学生で金がない。何回払いまでならローンが組めるんだ。利子はいくらだ」

また拳が飛んできた。

「どこのまわしもんだ」

「どこのでもない。絵を買いに来ただけだよ」

「最初からわかって言ってんだろ。警察か」

「だから、絵を買いに来ただけだって言ってるだろ。あんたんとこでは客をこんなふうに扱うのか。随分ひどいんじゃないか」

「舐《な》めた口ききやがって」

彼の腕がまた後ろに回った。殴られると覚悟したが、拳は降ってこなかった。

「やめて、やめてよ！　木村さん」

見ればアカネが必死になって、背後から抱きつき木村を止めている。

「なんで止める……？」

木村は、アカネに反抗されたことが信じられないという口調だった。

「今日はじめて会った男だぞ。おまえの知り合いなのか？」

彼女はぶんぶんと頭を振る。

はっと木村の顔色が変わる。

「アカネ。もしかして、こいつはアルファなのか？」

木村の言葉の中には驚きと諦《あきら》めがあった。苦いものを口に含んだように、彼の顔がゆがむ。

「知らない」

ひどく幼い物言い。これではそうだと言ったのも同然だ。

「ならば、ますますこいつを帰すわけにはいかない」

「なに言ってるの。ローン組むって言ってくれたのに」

「こいつに、こんな見え見えの手口が通用するわけがない。帰したら、俺たちは捕まる。俺はもう、捕まりたくない。いっそ、殺して……」

アカネが祖父江をかばって前に立つ。

「そんなこと、しちゃだめ」

「ああ、くそう。なんでおまえはこんなやつをくわえ込んでくるんだよ。だからオメガは」

彼女が殴られようとしたそのときに、祖父江は行動した。今まで無抵抗だった身体《からだ》を起こし、木村のふりあげた腕の下に潜り込むと体当たりをかましたのだ。不安定な姿勢だったのと完全に油断していたのとで、木村はたやすくひっくり返った。

「お……まえ……！」

そうだな。自分は彼にとって、さぞかし不気味な存在だろう。

だまされているとわかっていて、高額な絵を買う。

反撃できるのに、殴られている。

「許さねえ！」

きつい一撃がこめかみに来て、くらっとした。

気がつけば祖父江は、両手両足を梱包用のヒモでくくられて、事務所の床にころがされていた。

その状態で、あらゆる角度から写真を撮られた。

「アカネ、そいつを逃がすんじゃない。わかったな」

言いおいて、木村は出て行った。

祖父江はまっくらな事務室のすみに、一人でいた。せめて携帯端末があれば、だれかに知らせることができるのに、あいにくアパートだ。

ドアが細く開き、声がかけられた。

「だいじょうぶ？」

明かりがつく。アカネがはさみを手に、立っていた。

「逃げないと、たいへんなことになるよ。木村さん、あなたのことをトラフィック・リストに載せちゃったの」

「交渉《トラフィック》・リスト？」

「アルファやオメガの、人身売買のリストだよ」

祖父江は笑った。痛みが走る。

「冗談じゃないんだよ？　木村さん、いろいろやばい人なんだから。特にアルファのことは目の敵《かたき》にしてるんだから」

そう言うと彼女は、祖父江の手首を縛っているヒモを切ろうとした。

それを祖父江は止めた。

「いらないよ」

「なんで？　あなた、変。まるで、自分から危ないところに飛び込みたがってるみたい」

「そういうわけじゃないよ。だけど、俺が逃げたら、アカネさん、困るだろ？　ひどいめに遭わされる」

「私のために？　どうして？　今日、会ったばかりなのに」

「アカネさんは、俺のいいなずけに似てる。そっくりだ」

「じゃあ、その人のためにも、帰らないとだめじゃない」

「死んだんだ」

祖父江は言った。はっとアカネが息をのむ。

「……死んだ……?」

「そう。もう、いない。あの子はいない」

「だから……?　だからなの……――?」

しばらく黙っていたが、彼女は立ちあがった。

「そんなに死に急ぎたいなら、そうすればいい！」

言って、去っていく。


ほんと、ばかだな。

だけど、疲れた。

なんだか最近、とても疲れてるんだ。

外は雨なのかな。

頭が痛い。


――ねえ、祖父江。

マッシモの顔が浮かんだ。

――もうまったく、やんなっちゃうよね。

おかしいな。さゆみの顔は思い浮かばなくてあんなにも悩んでいたのに、マッシモはこんなにも明瞭《めいりょう》に覚えているんだ。

ツンとした小さな形良い鼻。とがらせた口。あのカールトン校の奨学生にしか与えられない黒いマント、ハイハウスの住人たる制服を身にまといながら、彼は不服そうに言い立てる。

――寮の夕食、トマトパスタだって。どうせまた、茹《ゆ》ですぎてぐったりしたパスタなんだ。トマトソースだって缶から出したまんまなんだから。生のとれたてを使えなんて言わないけど、せめて一時間は煮込んでくれないと、酸っぱいよね。

「そうだな。酸っぱいよな。俺もそう思うよ。マッシモ」

いもしないマッシモに、祖父江は返事をする。

さゆみに似た子の代わりにどこぞに売り飛ばされる。こんなことをマッシモが知ったらどう思うだろう。

きみはどうしようもない男だねと眉をひそめるだろうか。それとも、あきれて首を振るだろうか。

風の便りにマッシモはカールトン校を去り、英国の名門大学に入ったのだと聞いた。彼にふさわしい。

なんだろうなあ。当時は一刻も早く彼の元を去りたいと願った。憎みさえした。なのに、こうしていると懐かしい。

ひどく、懐かしい。


数日を、祖父江はその場所で過ごすことになった。木村がときおり来て、祖父江がおとなしいのを確認するように蹴《け》ってきた。逃げようと思えば、逃げ出すことはできただろう。だが、無言で世話をしてくれたのはアカネで、ここで逃げたら彼女が木村になにをされるのか考えると、逆らうわけにはいかなかった。

その夜、近づいてくる足音に祖父江は顔を上げた。アカネのものではない。もっと重い音だ。ドアが開いて事務所の明かりがついた。木村だった。

木村があごに手をかけてきた。彼はつくづくと祖父江を見た。

「一千万」

彼は唐突に言った。

「おまえに一千万だと。そんな価値があるのかね。せいぜい、ご主人様に気に入られるようにするんだな。おまえは買われたんだから。じゃあな。さよなら、アルファくん。永久にな」

これから自分はどうなってしまうんだろう。祖父江はまったく予測がつかないでいた。ただ、おかしなほどに落ち着いていた。

言うなれば、ようやく罪をあがなうことができた重罪人の気持ちだった。

口に猿ぐつわが噛《か》ませられると、袋の中に突っ込まれる。まるで荷物みたいに。

着信音が響いてきた。

「業者が来たみたいだな」

ドアをあける音がする。ガラガラというカートのような車輪の響き。

「運送屋か」

「はい、荷物の引き取りに参りました」

「大事に扱ってくれよ、一千万だからな」

木村の声がする。頭と足を持たれてストレッチャーのようなものに乗せられた。袋のファスナーがあけられる。

上からアカネの顔が覗く。彼女は泣き腫《は》らした顔をしていた。やめてくれ。そんな顔をしないでくれ。俺の胸がひどく痛むんだ。どうしたらおまえは笑ってくれるんだ。

袋は再び、閉じられた。

祖父江は「運送屋」の車、後部貨物室らしき平らなスペースに、荷物同然に運び込まれた。車は走り出す。運転は思いのほか静かで、乗り心地はそれほど悪くなかった。ただ、踏ん張ることができないので、発進や停止のたびに祖父江は、貨物室の床でゴロゴロと転がり回る羽目になった。

しばらくして車が止まった。人が降りる振動が伝わってくる。

「時間ちょうどだね」

「恒星《こうせい》さん、来てるかな。喜んでくれるかな」

外から、のんきな声がしている。

（え、もう？　もうついたのか？　いくらなんでも早すぎないか？）

一千万という値段がつけられたからには、もしかしたら海外にまで行くのではと祖父江は予想していた。それだというのに、いくらなんでも近すぎるんじゃないか。止まったのはどう考えても都内。しかも二十三区内だと推測される。車の後部ドアが開かれ、誰かが乗り込んできた気配がした。ぐっと袋のファスナーが下げられる。そこに現れたのは見知らぬ顔だった。

くせのある髪、口元は今から愉快なことを始めようというように片端が上がっている。どこか狼《おおかみ》を思わせる風貌《ふうぼう》をしていた。

「あんたが祖父江芳明で間違いないな」

男が聞いてきたので、祖父江は猿ぐつわをしたままうなずいた。

「よし、任務完了だ」

そう、男は言った。この男と、初めて会ったのにもかかわらず祖父江にはわかった。この男はアルファだ。しかもかなりできるやつだ。

「恒星さん、やりましたよ」

「可及的速やかに仕事を終えましたよ。ほめてほめて」

「よくやったよ」

恒星と呼ばれた男の後ろから全く同じ背格好の二人が貨物室に入ってきて、こちらを覗き込んできた。どうやら双子らしい。

「これがそうですか？」

「これが一千万？」

「いいから中に運べ」

そう言われた双子たちは口々に反対した。

「でもうちのエレベーター、小さいんです。とってもとっても小さいんです」

「この人を抱えて行くのは無理なんじゃないかと思います」

恒星は頭を掻《か》いている。

「しょうがねえなあ」

恒星が、かがみこんできた。祖父江に話しかけてくる。

「あんたは一千万で買われたんだ。あのアカネって子のためにな」

なんでこの男がアカネのことを知っているのか。

「おまえは大きな声を出さない。助けを求めない。逃げない。オーケー？」

祖父江はうなずく。

「よーし、いい子だ」

祖父江は袋から出された。猿ぐつわを外され、手首以外のヒモを切られる。

「手はこのままにしておくが、中に入れば外してもらえるだろう。身体がこわばってるだろ？　足が使えるようになるまでしばらく待つから、用意ができたら言ってくれ」

言われたとおり、ずっと縛られていたせいで、足がうまく使えない。それでも左右の足首を交互に動かしているうちに血が通いだす。

「もう、大丈夫だ」

「よっしゃ」

貨物室から外に出ると、古いビルの前に降り立った。夕刻だった。繁華街の裏通りだ。それも下品な感じではない。ほどよくひなびた佇《たたず》まいだった。こうべを巡らすといくつかのファッションビルが向こうに見えている。

「ここは東銀座《ひがしぎんざ》だよ」

そう言われてびっくりする。自分に場所を伝えていいのだろうか。それとも、これからすぐに殺されるんだろうか。

四人でビルの中に入った。

やたらと古いビルだった。床はタイル張りで歩くとコツコツと音がする。エントランスには、展覧会のお知らせが多数貼ってあり、先ほどまでいた画廊のことを思い出した。あれとは随分と趣《おもむき》が違うなと祖父江は思った。

四人乗れば満員のエレベーターに乗せられた。古い映画の中でしかお目にかかれない、檻《おり》のようなエレベーターだ。中から人が黄色い安全柵《さく》を閉めないと動かないタイプだった。ゆっくりとエレベーターが動き出す。上がっていき、半円の階数表示が七階を示したところで、止まった。

「もうすぐだからな」

「あんたが俺を買ったのか？」

祖父江が口にすると、恒星はニヤリと笑った。

「そうそう。少しは疑問を持ったほうがいいぜ、祖父江芳明さん。『どこ』とか『なんで』とか、そういうのがないと人間、心が麻痺《まひ》しちまうからな」

合図にしたがって歩き出す。つきあたった先には銀色のドアがあり、「スターライトディテクティブ」と光る文字で書いてあった。

スターライトディテクティブ。

星明かり探偵社。

ずいぶんとふざけた名前だ。

「それで？　あんたが俺を買ったのか？」

「違う違う。俺は探偵。頼まれただけだ。あんたのご主人は、この中にいる」

そう言って彼は銀色のドアをあけた。

そして祖父江を中に押し込むと、そのまま外に残る。

（なんだ、ここは。アンティークショップ？）

大きな置き時計。四角いテーブル。そして革のソファ。

どれも歪《ゆが》んでいるか、修理の跡があるか、古びた埃《ほこり》が積もっている。なのに、調和していて美しい。

革のソファに一人の男が長い脚を組んで座っていた。それさえもまるで、アンティークのように祖父江には思われた。

プラチナブロンドに冴《さ》え冴《ざ》えとした青い瞳。輝くような美貌《びぼう》。白いスーツはシミひとつなく、花嫁のドレスよりもなお純白だった。

そのアンティークドールが口を開いた。

「久しぶりだね、祖父江」

祖父江はきょとんとした。驚きでしばらく呼吸ができなかった。

そんなはずはない。だが、おのれの人生において、これほどの美貌の男が二人といるだろうか。

祖父江はかすれた声を出した。

「マッシモ……?」

「そうだよ。マッシモだよ」

「なんで、マッシモがここに」

彼は大きくため息をついた。それから立ち上がり、つかつかと祖父江のところまで歩いてきた。迫力に祖父江はあとじさる。

彼が上から覗き込んできた。

いつのまにか、身長を抜かれている。

「なんで?」

彼の声が大きくなっている。

「なんでって聞きたいのは、ぼくのほうなんだけど。ああ、知りたいなら、答えてあげるよ。ぼくがどうしてここにいるのか」

祖父江は背中をドアに預ける形になる。これ以上は逃げようがない。

「知り合いの探偵から、きみが人身売買リストにのっていると聞いたときのぼくの気持ちを想像してみるといい。他人に競《せ》り落とされる前に、手持ちの金をすべて突っ込んだんだよ。一千万と千六百二円!」

その細かい数字はなんだよ。だが、それよりも聞きたいことがある。

「なんだって、俺のためにそんな大金を出したんだ？」

マッシモが金持ちなのは知っているが、金銭感覚はいたってまともな男だった。少なくとも、祖父江が知っていたころは。

「どうしてだって？」

マッシモの顔がぐんぐん近くなる。手で押しのけたいのだが。背後で手首を縛られていてかなわない。

ほとんど口づけそうなほど近くまで顔が来た。

「人身売買で売られた先でどうなるか、わかってるの。高額で買ったほうだって元をとろうとする。人体実験に使われた末に、骨まですり潰されるか。アルファの性奴隷《せいどれい》として、嬲《なぶ》りものにされるか」

祖父江はあきれる。

「性奴隷はないだろう」

マッシモは言いつのる。

「きみってやつは、人間の多様性をまるでわかってないね。世の中には、いくらだって、ものすごい度外れの変態がいるんだよ」

「それは……恐《こわ》いな」

マッシモは無言で祖父江を睨《にら》んでいたが、ふりかぶると額《ひたい》をごつんと打ち付けてきた。

「アウチ！」

衝撃が骨に響く。

「痛いじゃないか、なにをするんだ！」

「痛いんだったらけっこう。乱暴にしたくはないけど、それだけ傷があるんだ、少しぐらい増えたって構いやしないだろう。ぼくの気持ちの数十分の一でも味わえばいいんだ」

「そんなにひどいか」

マッシモは黙ってアンティークの姿見を指さした。白雪姫の継母《ままはは》が世界で一番の美女が誰か、問いかけたような鏡だった。おそるおそるそれを覗き込むと、祖父江は笑い出す。

「祖父江！」

「ひでえな」

頰《ほお》はこけ、無精ひげが伸び、片目は腫れて目を塞ぎそうになっている。頰骨には痣《あざ》があり、手首にはくっきりと縛られた痕《あと》がついている。このぶんだと蹴られたところは相当な痣になっていることだろう。

今は緊張しているから感じないが、そのうち痛みだしそうだ。

「商品ならもっとだいじに扱えよな」

思わず、口をついて出た。

マッシモはソファに座ると、顔を両手で覆った。

「たまたま、仕事で東京にいたからすぐに手を打てたんだよ。間に合ってよかった。本当によかった」

それから、キッと祖父江の方を再び向いた。

「あの子に礼を言うんだね。アカネっていう、さゆみさんにそっくりな子」

ドキリとした。なぜ?

「なんで? どうしてマッシモが彼女を知ってるんだ?」

「あの子がきみのことを知らせてくれたからだよ。アルファの探偵だったら助けてくれるかもって調べて、恒星にたどり着いたんだ」

「どういうこと。どういう関係?」

「弓削《ゆげ》恒星はアルファで、彼の伴侶である宇田川智弘《うだがわともひろ》は、ぼくの生みの親である仁科彼方の教え子なんだ」

パッと言われてもよくわからない。複雑すぎる。

「とにかく肝心なのは、恒星が薔薇の島に来たことがあったことだよ。イタリアにあるカステリーニの持ち島だ。そこで、彼は、あの絵を見ている。きみが描いた伴侶の絵を」

白い百合《ゆり》の花の中、白い服を着た、白い頬の少女。俺の「委員長」。

「あの絵……持ってたのか。捨てたとばかり」

「捨てられるわけ、ないだろう? うちの先祖の肖像画コレクション部屋に飾られているよ。

とにかく、だからこそ、『売り飛ばされそうなアルファがいる』とあの女性に言われてピンと来たんだそうだ。マッシモ・ニシナ・カステリーニの元ルームメイトじゃないかとね」

はっと気がついた。

「あそこの組織はどうなった。アカネさんは」

「そのままにしておくこともできないからね。警察に通報したよ。あの木村って男は逮捕された。他にも色々と手は打ってある。アカネさんは……」

マッシモはそこで言い淀《よど》んだ。

「彼女だけは、海外に逃がしたよ。もう会うこともないだろう」

「そっか」

さゆみによく似た彼女。どうか、あなたが笑って生きてくれますように。そう祈らずにはいられない。

「さて、行こうか。逃げちゃだめだよ。きみはぼくが買ったんだからね」

そう言ってマッシモはアンティークのナイフを取りあげると祖父江を後ろ向きにさせて、その手首のヒモを切った。

「もし逃げたりしたら、代金の一千万と千六百二円、きみの両親に請求するからね」

鋭い表情で、マッシモはそう宣言した。

マッシモは祖父江をビルから連れ出すと、道に止まっていた国産車の助手席に乗せた。マッシモの運転で車は走り出す。祖父江は訊《たず》ねた。

「俺たち、どこに向かってるんだ？」

「医者に寄ってから、ぼくの家だよ」

「そういや、別宅がいろんな国にあるって言ってたな」

「今から行くのは、ぼく個人の家。仕事で疲れたときにゆっくりしたくて買ったんだ」

いったいどんな家なんだろう。もしかしてタワーマンションなんだろうか。高層マンションの最上階、シャンパングラス片手にバスローブで窓辺に佇むマッシモ……——うん、なかなかサマになる。想像して祖父江は笑いそうになる。

なんでこんなに陽気になってんだ。

「くっそう」

答えなんてわかってる。カールトン校で、さゆみの絵を描きあげたときからわかっていた。だから、会いたくなかったのに。それなのに、なんと自分は彼に買われた身ときたもんだ。

「あいた」

顔の皮膚を動かすと頬やこめかみが痛かった。木村が殴りつけたところだ。

気がつけば全身が痛い。

「あいたたたた！」

「いくらさゆみさんにそっくりだからって、オメガの女の子に鼻の下を伸ばしてるからだよ。これからは気をつけるんだね」

マッシモの口調は冷たい。横顔も硬い。だが、車の速度が上がった。

「マッシモ。怒っているのか、もしかして」

「どうしたらいいのか、わからないだけだよ。昔の知り合いが自分から危ないところに飛び込んでいくなんて、そんなボロボロの格好になって」

「けっこうひどいよな、俺」

「ひどいなんてもんじゃないよ。人前に出せないよ。十人いたら十人がきみのことを振り返るよ。バカだ、祖父江は」

そうだな。バカだな。

「さゆみにそっくりだって別人だ。わかってたけど、でもよかったんだ。さゆみにそっくりなあの子が笑ってくれれば、それだけで無性に嬉しかったんだ」

彼女のためなら。どんな辛《つら》い目に遭うことも、死ぬことさえも厭《いと》わなかった。

「それなのに、泣かせてしまった」

あの顔が泣くところなんて、見たくないのに。

いったん、個人病院に寄って、祖父江は手当てされた。エックス線撮影の結果、骨に異常はなさそうだということで、傷の消毒と抗生剤の投与だけで終わった。保険証がなかったのに、先生がなにも言わず、マッシモも払わずだったのが疑問で聞いてみたのだが、「なにかあったときのためのところだから」という返事だった。

なにかあったときの「なにか」ってなんだよという問いは、心のうちにしまっておくにとどめた。

次についた先で「ここがぼくの家だよ」と言われて祖父江が口にした第一声は「大正か」だった。

予想していたタワーマンションとはまったく違った。

ビルの間にあって、平屋。日本風の門を入れば、庭が広い。飛び石が玄関まで繋《つな》がっている。引き戸をあけると、靴脱ぎの石があり、廊下が奥へと続いていた。

「きみの部屋はこっちの和室だよ。夜だからわからないだろうけど、眺めと日当たりはいいと思う。おもだった荷物は運んでおいたから」

「運んだ?」

祖父江はおののく。マッシモは「当然だろう。きみはここに住むんだ。これは、命令」と宣言した。

「こんな危ないことをするきみに、一人暮らしなんてとんでもないからね」

「見たか?　俺の荷物?」

まずい。あれだけは。見られたらやばい。

「見てないよ。だいたい、運んでくれたのは恒星たちだし」

「そっか……」

よかった。

祖父江は身体の力を抜く。そして、そのまま腰が砕けた。その場に座り込む。

「やべえ。立てねえ」

ずっと気が張っていたのが、ゆるんだのだ。


マッシモは心中で繰り返す。

放っておけばよかった。放っておけばよかった。

嵐のように吹き荒れる感情を抑え、なだめつつ、ビタミン剤と栄養剤を与える。胃が動くようになったら食事をとらせよう。レトルトのかゆと梅干しならある。

放っておけばよかったんだと、また何度目かの後悔をする。恒星から事情を聞いた瞬間に、祖父江に間違いないと直感した。そのときに、知らないふりをすることだって、警察にバトンタッチすることだってできたのに。そのまま、かかわることなく生きていくことだってできたのに。

そうしなかった。

祖父江が売り飛ばされそうになっていると知ったときに真っ先にひらめいたのは、早く買わないという強い焦りだった。ほとんど反射的に、マッシモは行動していた。祖父江のことを忘れたことなんてない。何度も繰り返し、問いかけてきた。

――どうして祖父江は、あんなふうに去って行ってしまったんだろう。

その答えが出たわけじゃないのに。マッシモは自ら、祖父江を自分の生活に引きずり込もうとしている。

そしてさらに腹が立つのは、自分がどこかでそれを、とてつもなく楽しんでいることだ。こんなに嬉しい気持ちになるなんて。自分のバカバカバカ。

「マッシモ」

「なんだよ」

祖父江の顔は左まぶたが腫れている。視力に影響がなかったのは幸いだった。栄養状態も最悪で、頬がこけている。これはこの二、三日のことというより、もとから栄養状態がよくなかったという医者の見立てだ。腕にも足にも、痣があった。こんなことを許す祖父江じゃないのにと、マッシモは腹立たしくなる。

祖父江が、マッシモの眉間《みけん》を指で撫《な》でた。

「マッシモ。ここ、皺《しわ》になってる」

ぞくぞくした。

「!」

ケガ人じゃなかったら殴ってるところだ。握った拳がプルプルと震えている。

「あのね、誰のせいだと？」

「俺のせいなのか？」

この、スットコドッコイのオトボケ野郎め。怒りで震える拳を開き、マッシモは彼の手をどけると、その鼻先を指でピンと弾《はじ》いた。

「いた！　なにすんだよ」

「なにすんだよじゃないだろう。いくらなんでも、本当に絵を見たかったわけじゃないだろう。詐欺だとわかっていたのに、なんでのこのこついて行ったんだ」

答えがわかっているのに、口にしてしまう。祖父江は、こともなげに言った。

「だって、あいつに似てたから」

だからしょうがないじゃんと彼は言うのだ。

あいつ。志藤さゆみに似ていたのだから。

彼の婚約者であり、生涯の恋人であり、とうとう助けることのできなかった伴侶。彼をこんな地獄に突き落とした張本人。運命の人。

その彼女にマッシモは腹を立てていた。そんな自分に気がついてしまって、またまた気が滅入《めい》る。祖父江にも立腹している。

言っても詮無《せんな》いことだし、本人が一番傷ついているのは百も承知の上で、きみは彼女をいつまで引きずり続けるつもりなんだ、そう言って肩を揺さぶりたくなる。

さらには、「おまえにだけは世話にならないつもりだったのにな」なんて言うもんだから。

どうして、ぼくだけはだめなんだよ！

そこに盛大に引っかかってしまう。

マッシモは食ってかかりたい気持ちを抑える。相手はケガ人、相手はケガ人。

「布団を敷いといたから、とにかく今日は寝て。携帯端末を枕元に置いておいた。ぼくのアドレスを入れておいたから、なにかあったら必ず連絡するんだよ。外出するときには、携帯を持ってってよ。これは命令だからね。きみはぼくのものなんだからね」

「俺のために出した金は、必ず返すよ。分割払いになるけど」

「ああ、頼むよ」

マッシモはそう言って救急キットをしまった。

早速、クレモンがパリから嬉しそうに電話をしてきた。

『聞いたよ。聞いた。いや、なに？　カールトン校で同室だった、あのときのアルファくんと同棲《どうせい》し始めたんだって？　俺にも見せなかった、大事な大事なアルファくんと』

彼はすごく楽しそうだった。むかつく。

「誰に聞いたの？」

『そんなの、どうでもいいじゃないか。いや、おまえがね。今から日本に行くから会わせろよ』

マッシモは返事をする。

「断る」

そんな自分に驚いて、情けなくてむかついて仕方がない。なんでこうなんだ。

――弱っている祖父江は自分だけのものだ。

そう感じてしまう。

ミケーレからも早々に電話がかかってきた。

『おまえが日本から帰ってこないと、イタリア本社から連絡があった』

「そうなんだ」

『どうしてそのような、勝手なふるまいをする?』

「だって、こっちのほうが大事だったから。会社への指示は日本でも出せるし」

『マッシモ。自覚はないかもしれないが、きみはわがカステリーニ家の跡取りなんだよ』

「じゃあ、跡取りやめる」

『マッシモ!』

「ミケーレだってわかってるくせに。うちの家系では、長男が継ぐとは限らない。弟たちがいるじゃない。誰かがまとめてくれるよ。現にミケーレの代だって、一番上のおじさんは、インドで結婚しちゃったじゃないか」

『それは屁理屈《へりくつ》というものだ。……私はきみの父親なんだぞ』

そうミケーレは言ったものの、自分の言葉にあまり自信がないらしく、無言になってしまった。マッシモもなんて返していいのかわからず、「ああ、うん」と曖昧《あいまい》になる。通話のこちらとあちらで、マッシモとミケーレは黙りあった。

「あの、ミケーレ」

マッシモはおずおずとミケーレに提案した。

『なんだ』

「もしミケーレがそんなに腹を立てているのなら、ぼくのこと、勘当してくれてもいいよ？自分のことは自分でなんとかするから」

マッシモは本業の傍ら、モデルとして仕事をしていた。ハリウッドから俳優の誘いもあるし、コネクションを使って高額の同時通訳者になるって手もあるし、コラムニストになるのもいい。なんとでもなる。

『待て。そういうことを言いたいんじゃないんだ』

ミケーレがマッシモに言い募る。

『私が言いたいのは、そういうことじゃない。相手はオメガでもおまえの伴侶でもない。アルファなんだぞ』

「わかってるよ、そんなこと」

『いや、わかっていない。アルファ同士は本来はライバルだ。ときに牙《きば》を剝《む》いて戦う相手であって、決して愛人とはなり得ない』

「だから愛人とかじゃないんだってば」

『おまえの伴侶は必ずどこかにいる。カールトンから帰ってから、おまえはおかしかった。マッチングシステムの更新もしなくなった』

「分析コンピュータに脇の下の臭いをかがれるのに、あきただけだよ」

『一時期の同情で手を差し伸べるべきじゃない。あきらめて、やけになるな。おまえは「引きがいい」カステリーニなんだ。もう、いいだろう。手を引くんだ。そして信頼できる他人に委ねるがいい。おまえが探せないのなら、私が適任者を選んでやる』

それがいいと、マッシモだって理性では理解している。

祖父江のいない生活を選べば、自分の人生は平穏だ。

だけど、やっぱり、否としか返事ができない。

「ミケーレは何もしないでよ。それに『お父さん』にそういうこと、言われたくないんだけど」

『う』

「お父さん」という皮肉はどうやら通じたようだ。

『それは、……確かに、かつて私は間違っていたことがあった。認めよう。そしてもっといけなかったのは、彼方《かなた》に出会った瞬間にわかったのに、自らを偽ってしまったことだ』

「彼が元気になるまでだから」

通話を切りながら、マッシモは苦虫を噛み潰したような顔になっていた。

祖父江が再び明るい、元の彼になるときはもうきっと来ないのだ。彼にあいた穴はそこから何かを出してしまったのだ。手にした携帯が再び着信を告げた。またミケーレかと思ったのだが、違った。

『見積もりが出たから送っておいた。サービスしといたぜ』

「恒星」

世話になった探偵だった。

『なんだ、マッシモ。湿った声をして』

「恒星もぼくのことを愚かだと思う?」

『おまえが俺にものをたずねるとはな。……そうだな』

彼はどこまでもアルファだった。率直に言葉を継いだ。

『まあ、やりたいようにやればいいんじゃないか。そうだろ? 言うことを聞くようなおまえじゃない。俺はしがない一探偵だからな。依頼を頂ければそれでいいんだ。今後ともよろしく。また何かあったら連絡するからな。ただ、これだけは思うよ』

恒星は付け加えた。

『おまえは、あいつに惹かれてる。かけがえのないものだと思っている。そういうやつは一生のうちに何度もお目にかかれるものじゃないからな。大切にしろよ』

携帯を手にしたまま、マッシモはしばらく動けなかった。

クレモンやミケーレに言われたときには、まだ反論できた。恋じゃない、ずっと面倒見るわけじゃないと、言い切れた。だが、恒星にさらっと指摘されてしまうと、ぐうの音も出ない。

ああ、そうだよ。

ぼくは祖父江のことが好きだよ。恋とか愛とかはわからないけど、とっても、とっても、たいせつに思ってるよ。ぼくを、ぼくだけを見ていてって思ってるよ。なのに、祖父江は志藤さゆみしか見ていないいんだ。

「これは、三角関係……？」

さゆみが亡くなっている以上、自分↓祖父江↓さゆみ、それは直線であって、三角にすらならない。

さゆみから祖父江への返事はあり得ず、永遠の一方通行なんだ。

「こんなのってありなの？」

この、アルファの中のアルファ。カステリーニの後継者。天使でキューピッド。最大の名を持つマッシモに、どんな知恵の輪よりも難解な問題を突きつけるなんて。

「運命なんて、大っ嫌いだ！」

違うもん。祖父江に恋なんてしてないもん。


当の本人である祖父江にだって、あきれられている。

「マッシモは物好きだなー」

「祖父江が言う？」

まったくもって救いようがない事態だ。

「とんだお人好《ひとよ》しだよ」

祖父江は助け出されてから三日間、寝込んでいたが、ようやく傷だらけの身体を起こし、割り当てられた部屋を片づけ始めていた。頬の絆創膏《ばんそうこう》が痛々しい。かなりましになってきたとはいえ、人前に出られるほどに復活するのは、あと一週間はかかりそうだ。

「大学、休んじまったな。進級できるかな」

人ごとのように言う。

さらに度しがたいのは、日本支社に赴いて、本社への指示を確認しているその最中にさえ、彼がどうしているのか気になってしかたがないことだ。気に入っている店で、プロシュートを分けてもらってパンを抱えて帰りながら、いつか二人で食べたあの食事を再現したらなんて言うだろうとほくそ笑んでいる。明るいうちに家に帰ってきて、まるで日向《ひなた》ぼっこしてる猫みたいに縁側で寝入っている祖父江を見ると、口元が緩んでしまう。

可愛い。撫でたい。そしたら、ごろごろと喉を鳴らしてくれそうだ。

（この、祖父江め！）

汚い言葉遣いになってしまう。

もしかして自分は、めちゃくちゃ彼に振り回されてるんじゃないか。じくじくとした、むずがゆい気持ち。

彼の傷が良くなったらここから立ち去ってしまうんじゃないかと心配したり、金を払っている事実がある限り祖父江は自分から出て行くとは言わないだろうと計算してみたり、マッシモは忙しい。

もう、いっそ、一生、傷が治らないといいのにとか願ってしまってまずい。

カールトン校にいた、最後のときに、空想したみたいに。

「おう、お帰りー」

祖父江は「ふわわ」とあくびをして身を起こす。

「起こしてくれればよかったのに。昼飯食った？」

「あ、まだ」

「味噌汁《みそしる》と握り飯でいいならあるぜ」

「祖父江が作ってくれたの？」

「あったりまえだろ。魔法が使えるわけじゃあるまいし」

ハウスキーパーに清掃と洗濯は頼んでいたが、調理は業務に入っていない。マッシモの仕事が不規則で、外で食べることが多いからだ。

「ごはん、作れたんだね」

「マッシモと違って、庶民だからな。おふくろに習っていたから、ひととおりは作れる。なんだ、王子様は結局、王子様のまんまなんだな」

そう言われて、むっとする。

「祖父江がいけないんだろ。祖父江があんなふうに出て行かなかったら、ぼくだって習ったよ」

祖父江はマッシモの剣幕に押し黙った。おかしな間の取り方だった。それからしばらくして、彼はふふんと鼻で笑った。

「どうだかな」

二人して、縁側でごはんを食べる。秋の終わり。

庭はいくら掃いても落ち葉が集まり、池で魚が跳ねていた。

「ずいぶん古い家なんだな」

「大正時代に建てられたそうだよ。ぼくは古い日本家屋が好きなんだ。日本人はすぐに家を建て替えてしまうけれど、ガタついていたり歪んでいたり、そういうのにも価値がある」

奥まった路地にある家は、建築基準法に引っかかるらしく、建て替えができなかった。そのために残ったのだが、それは奇跡と言っていいような僥倖《ぎょうこう》だった。その昔、小説家が住んでいたというその家は庭に池があり、木が生い茂っている。部屋数は六部屋。水回りと空調は家のイメージを残しながらも新しいものになっていて、快適に住めるようになっていた。

「ここは、すごくいいところだな」

おにぎりをかじりながら、のんびりと祖父江は言った。

「この庭自体がひとつの絵みたいだ」

マッシモは嬉しくなる。

「そうなんだよ。ぼくもそう思った」

「この縁側っていうのがまた気持ちいいよな」

「うん、ぼくもそう思った！　祖父江はよくわかってるね」

そう言って、食べ終わった彼はペタリと縁側に腹ばいになった。目を閉じて脱力している。

「祖父江はなんだか猫みたいだな」

「そうだなあ。俺が猫だったらよかったかも。そしたらマッシモにずっと飼っていてもらって、可愛がってもらって……」

彼は言葉を止めた。ごろんと身体の向きを変える。

「どうかしたの」

「なんでもねえ」

「なんでもなくないだろ。何を言おうとしたの」

「うるさいなー、マッシモは」

「ご主人様にうるさいはないだろう」

「それは申し訳ありませんでしたね、ご主人様」

「なに、その言い方」

「悪かったたな。俺は育ちの悪いアルファなんだよ」

祖父江はその場に立ち上がった。彼を見上げてマッシモはあっけにとられる。

祖父江はシャツのボタンを外していた。鎖骨が現れ、その下に胸のあいだ、さらに乳首が見えそうになったとき、マッシモも立ち上がって彼のシャツの前を合わせた。

「なにやってんの?」

「おまえが言ったんじゃん。アルファを性奴隷にする奴がいるって。だから、いっちょ、ご奉仕しようかと思って」

「冗談やめてよ」

「おやおや。俺はどうやら、王子様のお眼鏡《めがね》にはかなわなかったみたいだな」

祖父江は笑って腰を下ろした。自分はどうやらこの男にからかわれたらしいと気がついて、マッシモは頭に血が上った。

まったくもってこの男。

「そういうの、祖父江らしくないと思う」

「ふーん」

祖父江は口を尖《とが》らせた。

「俺らしいとか、らしくないとか、マッシモに勝手に判断されたくないね」

「それは祖父江が、何も話してくれないからだろ。判断材料がないんだから、こっちで勝手に推測するしかない」

「ほおおお」

祖父江は妙に感心したような声を出した。

「若様のマッシモは、よくわからないけど、かわいそうなアルファを一千万円も出してお買い上げになってくださったわけだ。奇特だよな。おまえは立派だよ」

マッシモは、彼の口をくいとつまんでひねった。

「なにするんだよ、マッシモ」

「まったくもって憎たらしいこの口だ」

グイグイと身体を寄せていったので、二人はもつれ、折り重なって倒れた。

「あれ?」

マッシモはびっくりした。祖父江の身体がすぐ近くにある。そうして、互いの体温が混じり合っている。

秋の昼下がり。縁側という健全な場所で、淫靡《いんび》な陶酔に囚われている。

——彼は愛人じゃないんだ。

——彼はアルファだ。

——同情はためにならない。

ミケーレの声がマッシモの中に響いてきた。

違う。これは恋なんかじゃない。彼のことは好きだけど、それは友達としてだ。

ほんとうに？

カールトンのときから、なんで彼のことばっかり気にかけて、世話を焼いた？　抱きしめ、ぼくがいるからねと甘い声でささやいた？　彼が手を握り返してくれると、有頂天になったのはどうしてだ？

この感情がよくわからない。

そんなマッシモの葛藤《かっとう》などどこ吹く風で、祖父江は腰をすりよせて一言いった。

「マッシモ。おまえ、勃《た》ってる」

彼のデリカシーのなさを、マッシモは呪った。

別に恋なんてしていなくたって。ああいうことぐらい、あるだろ、健全な男なんだから。

あんなふうにシャツの前をはだけて、近くにあったら、そうなったってしょうがないだろ。

「違う違う。絶対に違うんだから」

けれど、その日からマッシモは祖父江を意識せずにはいられなくなった。正確には祖父江の肉体をだ。それまでマッシモは、頭では祖父江が成長したことをわかっていたが、どこかでは自分たちはまだ十五歳のままのような気がしていた。だが、そんなことはないのだ。二十一歳の立派な大人なのだ。

二人とも、背が伸びて成熟していた。

祖父江が風呂に入ろうと服を脱ぐとき。喉元を見せてあくびをするとき。食卓でおかずを取ろうとして手がふれあってしまったとき。祖父江という男の身体の持つ、磁力のようなものが、マッシモをどうにもこうにも落ち着かない気持ちにさせる。

それを知ってか知らずか。祖父江はマッシモの前で平気で脱ぐ。何度言っても、風呂から上半身裸で出てくる。そんな祖父江の態度に怒ってそっぽを向けば、じっと見ている気配がする。ならばと彼を見れば、今度は目をそらしている。

まったくもって、祖父江芳明とは猫のような男なのだった。

重い曇り空のような日々。

空気はむせるほどの水蒸気を含んでいる。だが、やがて水の細粒はついに最初のひとしずくとなり、雨となって降り注ぐ。

その日は、冷たい雨が降っていた。

祖父江が大学に行くようになって一週間ほどたっていた。頭痛持ちの祖父江は縁側で頭を抱えている。

「いってー」

「大丈夫？　行きつけのお医者さんとかある？　なかったら、知り合いの病院に予約を取っておくから、行ったほうがいい」

「平気。いつもだから。頭痛薬飲んで大学に行くよ。家にいてもしょうがねえし」

「そう」

彼のことが心配ではあったが、その日マッシモはアメリカから依頼を受けたイラストの打ち合わせに行かなくてはならなかった。長い付き合いのあるコーディネーターで、事情を話せば延期できないことはなかったが、相手を煩《わずら》わせたくなかった。

「ぼくはちょっと行ってくるけど。もし何かあったら連絡を入れるんだよ。必ずだからね。これは命令だよ」

「んー」

祖父江はそう返事をした。

そのいい加減な返事に呆《あき》れながらも、マッシモは打ち合わせ場所のホテルロビーに赴いた。

相手の女性と順調に打ち合わせをしている最中に、マッシモの携帯端末が震えた。

それをチラリと見る。祖父江からだった。

「出なくても大丈夫なんですか」

「メッセージなんで、あとででも」

そう言いながらも、内心では気になって仕方なかった。祖父江がマッシモに連絡なんて、一度もなかったのに。どんな緊急の用事なんだろう。ダメだ。気になる。

「すみません。やっぱりちょっと返信してきます」

「どうぞ」

席を立ち、確認したのだが、それらしいメッセージは入っていなかった。

「おかしいな」

確かに祖父江からのメッセージだった。だとしたら、いったん送ったあとに消したのだろうか。

席に戻ったあとも、心ここにあらず。相手の言葉がまったく入ってこなかった。しまいには相手の女性が呆れたように言った。

「また、もう一度、打ち合わせの場所を設けますから、今日はお帰りになったほうがいいんじゃないですか」

相手にこんなことを言わせてしまうなんて、ビジネスパートナーとして失格だ。だが、このときは親切に甘えることにした。

「すみません。この続きは、近々きっと。それから、ぼくのとっておきの店でお詫《わ》びのディナーをおごります」

彼女は笑った。

「楽しみにしています」

祖父江からのメッセージ。

どうせからかっているんだろう。慌てて帰ったら、家の中はからなんだ。それでもって何時間後かに帰ってきた祖父江が、「なんだ、わざわざ帰ってきたんだ」なんて嘲《あざけ》るような笑みをこちらに向けるんだ。

そう思いながらも、マッシモは家路を急いだ。

駅からの道を傘もささずに走る。

玄関の戸を開錠する時間がもどかしい。かまちを上がるとマッシモは縁側で祖父江を探した。彼がそこで寝こけているのではないかと思ったのだ。だが、違った。いない。

「祖父江。祖父江……？」

彼の名前を呼びながら家の中を歩く。低い声がした。

「祖父江！」

祖父江は台所にいた。床で芋虫《いもむし》のように背を丸めて倒れ伏している。彼が低く呻《うめ》く。頭を抱えている。一目見てただごとではないことが知れた。

「救急車、救急車を」

日本の救急車は何番だったのか、とっさに思い出せない。

「しっかり。ぼくが、しっかりしなくちゃ」

一一九に通報する手が震えていた。

「祖父江、大丈夫か。祖父江」

こういうときに決して動かしてはいけないのだと、頭ではわかっているのに、彼の意識を確かめるために揺さぶりたくなる。必死に冷静さを取り戻す。

「嘔吐《おうと》したときに備えて、頭をそっと横向きにする。それから、保険証と入院の準備」

彼の部屋に行くと、着替えその他をバッグに詰めた。保険証を探す際に、机の中にあったスケッチブックをいったん取り出した。

救急車のサイレンが近くなった。マッシモは慌てて表に出て救急隊員を誘導する。運び出される祖父江の上に、マッシモは自分のコートをかけた。

祖父江が運び込まれた病院に、彼の両親が駆けつけてきた、マッシモは彼らに深く頭を下げる。

「ぼくがそばについていながら、気がつくことができませんでした。祖父江は普段から頭痛を訴えていたのに」

祖父江の両親は顔を見合わせると、二人とも首を振った。父親が言った。

「いいえ、私のほうこそです。医者だというのに、紺屋《こんや》の白袴《しろばかま》もいいところです。生まれつきの脳の血管異常だそうで。芳明は頭痛持ちでしたが、もっと詳しい検査をさせようなど思いもしなかった」

さらにこうも言ってくれた。

「それにもし、あなたと住んでいるのでなかったら、あの子は今頃……。自分で救急車を呼ぶような子では、決してありませんでしたから」

マッシモは彼らをしげしげと見た。そうか、それでは二人とも、やはりわかっているんだなとマッシモは思った。

母親が泣きだした。

「さゆみちゃんを亡くしたとき、あの子は若すぎました。成長途中なのに、心に大きな穴があいてしまったから」

そうだ、祖父江の中の穴。もう決して埋めることはできなかったんだ。あのとき、ふさがったのだと思っていたのに、薄くのばされれば裂かれてしまう。そういう傷を、彼女は彼に残していったのだ。

「美大に入ったときに家から出たいと言われたときには、正直言ってほっとしたんです。ひどい母親です。だけどあの子が落ち込んでいるところを、これ以上見たくなかった」

母親は、マッシモに言った。

「だから、あなたと暮らし始めたとあの子から聞いて、私どもは安心していたんです」

「どうしてですか？」

意外なことを聞いた。

「自主退学後、あの子はあまりカールトン校のことを話さなかったんですが、あなたのことだけは別でした。ともにいるだけで毎日が最高に楽しかったと、よく言っていました」

「知らなかった」

腑《ふ》に落ちない気持ちだった。

カールトン校での別れ際、彼が自分に示したそっけない態度。おまえといるとつらいんだという言葉。彼は自分との日々を疎《うと》んでいるのだとばかり思っていたのに、そうではなかったのか。

「あら」

祖父江の荷物を整理していた母親が、スケッチブックを手にしていた。慌てていたので、持ってきてしまったらしい。彼女は少し、微笑んでいる。どうせさゆみの絵だろうとふてくされた気持ちでいるマッシモに、彼女はそれを見せてくれた。

「え」

マッシモは、彼らしくなく、慌ててそれを奪い取った。

「それ、あなたね」

母親は言った。

マッシモは目を疑った。

「ぼく……？」

だが、どう見ても、それはマッシモに違いなかった。しかも一枚ではない。何枚も何枚も何枚もあった。

彼が何をもってこれを描いたのか、自分にはわからない。ただわかっているのは、ここにある自分が、優しい顔をしていること。とても生き生きとしていること。

マッシモは気がついた。あるときから、急にマッシモの顔は「今のマッシモ」になる。ということは、祖父江はマッシモと離れているあいだにも、ずっと描き続けていたことになる。

「これ、いつから……？」

祖父江の白い顔を見ていると、謎は膨れ上がるばかりだった。

「なんで……？」

別れ際、彼は自分に何を言いたかったのだろう。

なんであんな態度をとったのだろう。

自分のことをどう思っているのだろう。

どんな気持ちでこの絵を描いたのだろう。

いつだって祖父江は、マッシモにとって謎だったけれど、今はそれが最高潮だ。命の危険は去ったと担当医は言っていた。だけど、そんなの、わからないじゃないか。現に祖父江はまだ目をあけない。

どうしよう。このまま、彼の呼吸が止まってしまったら。

「そんなの、だめだよ！」

もし、そうしたら。万が一にでも、そんなことになったら。彼がどんな気持ちでこれを描いたのか。永久にわからないままになってしまう。

「祖父江」

マッシモは思った。ぼくは、なにひとつ、わかっていなかった。かけがえのない人、決してかわりのない人を失うということがどういうことなのか。まったく、わかっていなかったのだ。

このままにしないで。マッシモは祖父江に懇願した。

「行かないでよ。祖父江」

マッシモの視界が霞《かす》む。

「生きてよ、頼むから」

ふうっと、祖父江が、薄く目を見開いた。

「祖父江？」

ゆっくりと、祖父江が目をあけていく。彼の目が焦点を結ぶ。マッシモを認めて、戸惑ったような顔をした。

彼は言った。

「マッシモ、おまえ、すごい顔してるぞ」

苦しげな顔でそう言うと、またまぶたを落とそうとする。両親が嬉しさのあまり声をあげながら、彼のベッドに走り寄ってくる。マッシモは急いで、ナースコールを押した。


左足に若干の麻痺《まひ》が残ったものの、ともあれ、祖父江は一命を取り留めた。

入院は三週間にもおよび、マッシモは彼に最後まで献身的に付き添った。

リハビリを兼ねて屋上に行く。そこには枯れた薔薇《ばら》のアーチがあるばかりだったが、空は高くて気持ちよかった。祖父江は補助の歩行器を押しながら言った。

「生き残っちまったんだな。ああ、もう、みっともねえなあ」

「みっともなくないでしょ。よかったよ、助かって。倒れているきみを見たときには、心臓が止まりそうだったよ」

マッシモが口を尖らせると、「くそ」と祖父江は言った。

「死ぬほど頭痛くて。それで、つらくて。でも、これでようやく、さゆみのところに行けると思ったのにな」

　また、祖父江はそんなことを言う。

「そうだ、保険証を探していたら、見つけたんだ」

　そう言うとマッシモは、あのスケッチブックをとりだした。

「ねえ。これ、ぼく？」

「おまえ、なんでそんなもの見つけるんだよ」

　彼が慌ててそれに手を伸ばす。歩行器が揺らいだ。

「危ない！」

「中を、見たのか？」

　彼は、耳の先まで赤くなっていた。

　ひとことで言うと、とても可愛らしかった。

「見たよ。これ、ぼくだよね？　最初のは想像図だけど。こっちのは、ぼくと暮らし始めてからだ。いつのまに、こんなに描いたの？　見せてくれればよかったのに」

「まったく」

　彼は、そっぽを向いた。

「さゆみのところに行けるって、そう思ったのに、それなのに、どたんばで死にたくない、またマッシモとバカ話したいと思っちまった。だから、メッセージ送ったんだ。未練がましいから、消したけど」

「祖父江……？」

「それで病院で目が覚めて、マッシモの顔を見て、ほっとした。おまえとまた会えて、すごく、嬉しいと、思ってしまった」

祖父江が、そんなことを言うなんて。

どういうことなんだろう。

必死にマッシモは考える。

それは……もしかして……——

マッシモはそんな彼を見ていて、ここにいたってようやくカールトン校での別れ際に言った「だけど、俺は、おまえが側《そば》にいると……」の続きに思い至った。

「ぼくが、いると、嬉しくなっちゃうから？　だから、会いたくなかったの？」

「しょうがないだろ」

もごもごと彼は言った。

「おまえを見ていると、俺はどうしても明るい、幸せな気持ちになってしまうんだから。だめでも、それは、どうにもならないことなんだから。くっそ。くそくそ」

掠れた声で、目を覆うと、祖父江は言った。

「さゆみが亡くなったあのときだって。俺は、あんなにつらいって思っていて。だけどさ。

おまえが俺の世話をしてくれて、優しくそばにいてくれて、なにくれとなく不器用な手つきでやってくれたりしたら、なごんじまうだろ」

「不器用で悪かったね」

マッシモは多少気を悪くして言った。

「そういうところが、たまらないんだ」

でも、と祖父江は続けた。

「それが、つらくもあった。だってそうだろう。彼女を愛していたのに。そのはずなのに。あれは嘘なのか？　俺は彼女を欺《あざむ》いていたのか？　それとも、自分自身さえも騙《だま》していたんだろうか」

「嘘なんて、ついていないよ」

マッシモは言った。それはマッシモが小さなときからずっと、周囲のおとなたちを見ていて、思っていたことだった。いけないと思いながら魅かれ、憎みながら愛し、罰を与えながら許していたりする。

「それは嘘じゃない」

嘘などではないのだ。人の心は〇《ゼロ》と一《イチ》では測れない。もっとずっとこんがらがっている。いかに祖父江が単純な性格をしているとしても、心は、彼の絵を彩る絵の具のように多彩で複雑なのだ。

彼がもっとおとなになってから、彼女を失ったのであれば、きっと気がついたことだろう。だが、彼はまだ十五だった。若すぎた。そして潔癖すぎた。

「祖父江」

ああ、そうか。そういうことか。すべてが腑に落ちる。

くるくるぱたんとすべてが引っくり返る。こんなときがあるのかと至福がこみあげる。笑えてくる。

マッシモは、彼の、汗でごわついている髪を撫でてやった。

「ぼくは、きみが好きだよ。ずっと、そばにいて欲しいんだ」

「アルファだぞ」

「それでもだよ。どうしても、そういう答えしか出てこないや。伴侶を亡くして嘆く、純粋なきみが好きなんだ」

「おまえ、変わってるな」

「うん、そうだよ。ぼくは特別なアルファだからね。だから、いいんだ。キスしてもいい？」

彼がいいともだめとも言わないうちに、彼の唇に自らの唇を落とした。

祖父江との、初めてのキス。

喜びに溢《あふ》れた、純粋な口づけ。唇を離したときに、祖父江は言った。

「もしかして、これは俺にとって最高の罰なのかもしれないな。これから、俺は、おまえが伴侶を得るところを見るんだ。俺はおまえを祝福するだろう。おまえは、俺のことを傷つけて悪かったと思いながらも、相手に惹かれずにはいられないんだ」

またそういうことを言う。

「ぼくにはそうは思えないけど」

「おまえは知らないんだ。伴侶っていうのがどういうものなのか。それは、歓喜の塊みたいなもんだ。それが現れたら、俺のことなんてどうでもよくなる。それまでなら、つきあってやるよ。いつでも俺のことを捨てていい。罪悪感なんて覚える必要はない」

そう、祖父江は言った。

マッシモは「そんな憎まれ口しか、叩けないのかな」とあきれて、もういちど唇を重ねた。

「もう。それで、祖父江が納得できるならいいよ」

そして、ささやいた。

「そんなこと、忘れるくらい、最高の二人になればいいじゃない」

祖父江はなにも言わなかった。ただ、やけにおとなびた目でマッシモを見つめていた。彼の目は、あきらめと、そして、慈愛に近い色をしていた。


左足に麻痺の残った祖父江は、両親とも相談したあげく、大学を一年、休学して、マッシモの家からリハビリに通うことにした。

元から帰っていなかったアパートだが、完全に引き払い、マッシモの家に引っ越しをした。

祖父江のリハビリは順調で近所を散歩するぐらいはできるようになっていた。

ある日、マッシモが早めに帰ってくると、家に祖父江の姿がなかった。

「祖父江。祖父江？」

マッシモは青くなった。祖父江の足はだいぶ良くなっているとはいえ、この、傍若無人《ぼうじゃくぶじん》な車や無謀な通行人ひしめく東京の街で、自由自在に歩けるほどには回復していないはずだ。すぐに彼の携帯にメッセージを入れたが、着信音はマッシモの背後でした。彼は携帯を置いていったのだ。

「そふえー……。あんなに言ってるのにー……」

マッシモの頬はぴくぴくとひきつった。

「こうなったら、GPS《ジーピーエス》を埋め込むしかないんじゃないだろうか。あんまり痛くないようにするから許してほしいな」

マッシモがそんな物騒なことを呟《つぶや》いていると、ただいまーと呑気《のんき》な声がして、杖《つえ》をついた祖父江が帰ってきた。背中にはデイパックがある。

「どこに行ってたんだよ」

ほっとしたのと腹立ちとでマッシモは飛びつき、祖父江は転びそうになった。マッシモは気がついた。

「なんだろ、祖父江。魚臭い……？」

「よく気がついたな。魚を買いに場外市場に行ってたんだ。リハビリも兼ねて」

「そういうときには一言でいいから、メッセージ入れてくれって言ってるだろ。帰ってきたらいなくて、びっくりしたんだからね」

「ごめん、ごめん。でも、言うとマッシモがついて来るって言い出しかねないからさ。今日は一人でゆっくり魚を選びたかったんだ。いいアジがあったから、刺身にしよう。それからマダラの白子《しらこ》があったから酒蒸しにするぞ」

そう言って彼は台所に行くと、生きのいいアジをポンとまな板にのせた。いったん、椅子《いす》に腰を下ろした彼に、マッシモはエスプレッソを淹《い》れてやる。

「マッシモの淹れてくれる泥コーヒーにもだいぶ慣れたよ。むしろ美味《おい》しく思えてきた」

祖父江にマッシモは応じる。

「それは祖父江が大人になった証拠だね」

パリパリの水菜の上にアジの刺身を盛り付け、その上に大葉とショウガ。それから祖父江は、白子を酒蒸しにした。

「なに、それは」

マッシモが訝《いぶか》しげに聞いてくる。

「これが白子だよ、知らないのか？　マダラの精巣。安かったから買ってきた。うまいんだぞ。日本酒には特にあう」

「えー、ほんとうー？」

訝しげに言うと、マッシモは庭に出て、狂い咲きした梅の枝を折ってきた。金継ぎしてある一輪挿しを出してきてそこに枝を入れる。

テーブルに飾ると祖父江が褒めてくれた。

「なんか、さまになってるな」

「ありがとう。グランマがこういうの好きなんだよ」

「日本に住んでいるマッシモのおばあさんだっけ？」

「そう」

いただきますの挨拶とともに二人は箸を進めた。マッシモは箸使いに淀みがない。祖父江も今日は遠くまで歩いたせいで旺盛な食欲を見せた。

「おいしいよ、祖父江」

「よかった。こっちも食ってみろよ。ほら、マッシモ」

そう言って、祖父江はマッシモを半ば脅かすように笑って、白子の皿を突き出した。マッシモは恐る恐る箸を伸ばす。

「うわ、羊の脳みそみたい」

「いやな例え方をするなあ」

「羊の脳みそ、食べたことない？」

「あるわけないだろ」

「おいしいのになあ。特にフリッターが。中がとろっと生みたいで。あ、これ、味も似てる。羊の脳みそみたい」

「そう言われると、なんか複雑な気持ちだな」

「言い出したのは、祖父江だよ？」

なんのかんのと言いながら、祖父江も白子を食べ尽くしていく。

ほろ酔いのマッシモは、上機嫌だった。

ほわほわした気分で、マッシモは言った。

「楽しいねえ、最高の夜だねえ。ありがとう、祖父江」

「こんなんでよければ、いつでも作ってやるよ」

「それはほんとに嬉しいんだけど、出かけるときは気をつけてよ？　必ず、携帯を持って行ってよ？」

「わかってるって」

「なんかこうしていると、祖父江はぼくのものって気がしてくる」

ぼくが欲しくて、手に入れたもの。大切なもの。

祖父江はしばらくうつむいていたが、視線を上げてマッシモを正面から見た。唇が何度か虚《むな》しく動いたあと、とうとう、彼は言った。

「本当に、俺を、おまえのものにしてくれないか。今夜」

「え……?」

とっさのことに、すぐにはわからず、しばし考えてその意味を悟ったマッシモはぐい飲みを落としそうになった。喉に入った日本酒にむせつつ、祖父江に確認する。

「その、それって……。そういう意味? だよね?」

祖父江の顔が真っ赤になっている。

「ごめん。今の、忘れて。なんでもないんだ」

マッシモは反論した。

「なんでもなくないよ!」

必死に声をあげる。今のを「なし」にされてしまったら、最悪だ。

「おまえは、俺にそういう意味での興味はないのかもしれないし」

「あるよ。おおありだよ。祖父江の身体のことを考えて、キスだけで我慢してたんだからね」

「そうなのか?」

「そうだよ。それに、ぼくのほうこそ、もしかして祖父江は、そういうことに興味ないのかなって思っていたし。……がっついて、嫌われたくなかったし」

祖父江は柔らかく笑った。

「らしくねえな。王子様」

「祖父江がそうさせるんだよ」

口を尖らせながら、マッシモはそう言った。


「お邪魔します」

風呂上がりの祖父江は、パジャマの前をはだけたまま、マッシモのベッドルームに入ってきた。この部屋は初めてだ。和室なのだが、キングサイズのベッドが置いてあって、部屋のほとんどをベッドに占められている。

「でけえベッドだな」

マッシモは、バスローブを引っ掛けただけの姿で、ベッド端に腰掛けていた。その隣に尻をすえながら、祖父江は考えている。

自分は何もわからない。けどまあ、マッシモはきっと慣れているだろうから、なんとかなるだろう。

そんなふうに全面的にマッシモに頼る気満々なのに、彼は深刻な顔をしていた。

「どうした？　マッシモ」

「ねえ、祖父江」

「もしかしてできないっていうのか。まあ無理もないと思うし、気にするな」

少々傷つきながら祖父江は言う。

「違うよ。そんなんじゃないよ。そうじゃないけど……。心配なんだよ」

「何が心配なんだ？」

「セックスになるかなあ」

「はあ？」

何を言ってるのかわからなかったが、彼はいたって真剣な顔している。

マッシモは祖父江に訴えてきた。

「だって祖父江。ぼくたち、よくベッドの上でじゃれ合ってたよね。カールトン校のハイハウスでさ」

「ああ、そうだな」

よく、子犬みたいにゴロゴロと、ベッドの上で転げ回ったものだ。

「あんなふうになったら、どうしよう」

「大丈夫だろう……。もう、おとななんだし」

言ってから祖父江は、「根拠ねえな」とおかしくなる。

「いいから、やろうぜ」

「ん」

マッシモは「ぼくの」と呟くと、祖父江の頬にふれてきた。その指の動かし方は、祖父江が今まで知らないものだった。

（なんだ、これ）

最初は気のせいかと思った。

「なんだよ、そのさわり方……」

ひどくくすぐったい。そして、次第にゾクゾクしてくる。

「ぼくの指が、祖父江に話しかけてるんだよ。愛してるって」

マッシモは頬の、傷があったところに、繰り返しふれてくる。撫でられると心地よい。それだけではなく、そこから、波紋となってジンジンと身体全体に広がっていく。そうすると祖父江は嬉しくて仕方がなくなってしまう。

「なに、これ」

「ティアーモ《愛してる》」

ささやく言葉までが、祖父江の身体の波を、さらに渦巻かせてくる。

愛しているとマッシモに返してやりたい。

だが、そこまで明け渡してしまえば、いつかマッシモが自分から去って行くときに祖父江は空っぽになってしまう。さすがにそれに耐えられる自信は、まだない。

「祖父江。ティアーモ」

マッシモは重ねて言うと、祖父江の唇に自分の唇を重ねた。いつもの挨拶のキスではない。唇が動くたびに自分の中の波がたゆたう。マッシモの指が、祖父江のパジャマから入ってきて、ペニスにふれた。

「それ、だめだ。マッシモ」

戒めるように言ったのに、彼の片手が祖父江の背に添えられて強く抱かれ、指のさらなる侵入を許してしまう。マッシモの指が自分のペニスに絡《から》む。祖父江は、自分の中の大きな波に翻弄される。くちゅくちゅと音が立っているのは、キスをしている唇なのか、彼の指に弄《もてあそ》ばれるペニスなのか。

「ここと」

そう言って、マッシモは祖父江のペニスの先端を、指先で撫でた。

「口の中って同じ柔らかさって言うよね」

「わ、かんね……」

「祖父江？」

口をあけてと言われる前に、祖父江はそうしていた。

マッシモの舌が、祖父江の中に入ってくる。彼を迎え入れている。

マッシモの舌は、緩慢に祖父江の口腔《こうこう》内を探る。マッシモが巧妙に誘うので、祖父江は彼の舌に自分の舌を合わせた。

舌を絡め合えば、口いっぱいに頬張《ほおば》ることになる。彼に吸われて彼の口へと舌を進めた。

マッシモの口は、やさしく祖父江を迎え入れ、もてなしてくれた。

舌の側面を交互に舐めあげられ、奥へ吸い込まれながら表面をこすりあげられた。

「……！」

ペニスが、ぴくぴく動いている。いってしまう。

その直前に、マッシモがゆるりと舌と指を離す。

「ああ……」

惜しむ気持ちが声に出てしまう。

「いい声だね」

彼は、そう言って祖父江の額にキスしてくれた。

マッシモが祖父江をベッドに横たえた。

「……脱ぐ……？」

そう言って、祖父江がパジャマの裾に手をかけると、「ぼくが、してあげる」とマッシモに手を押さえられる。

ふっと、祖父江は気がついた。あれ？

マッシモって、こういう顔をしていたっけ？

こんな目の色だっけ？

こんな「悪い顔」をしていたっけ？

　パジャマのボタンを、一つ一つ外される。そのたびにマッシモの桃色の舌はあらわれた肌を舐めあげる。身体はすっかりマッシモの思うままで、ひっきりなしに揺さぶられ続ける。

　現れた乳首の片方を撫でられたとき、間欠泉みたいに快感が奥から噴き上げた。今まで、感じたことのないような深さからの、快楽だった。

「ダメだ、そこは」

「なに言ってるの。祖父江は、縁側でぼくを誘ったことだってあったくせに」

「だって、あのときは。おまえ俺に興味ないと思っていたから。だから、いくらでも大胆になれたんだ」

「ほんとにたちが悪いんだから。祖父江ってば」

　マッシモは祖父江の身体を背後から横抱きにした。じっくりと耳朶《じだ》を甘噛《あまが》みしながら、首筋に何度もキスを落とす。濡《ぬ》れた音が耳に響く。身体の中が波打っている。自分では、制御できない。

　マッシモは祖父江のパジャマの下を抜いて、腿《もも》に手をあてて開き、付け根までを何度も手のひらで往復した。

「ん……」

　とろっと祖父江のペニスの先端からは蜜が垂れた。マッシモのもう片方の手は祖父江の胸をいじり、乳首をもてあそんでいる。

「どうして……」

誘いかけるように、祖父江の腰が揺れてしまう。マッシモの両手が祖父江のペニスにかけられた。

「あ……！」

マッシモの指で、祖父江のペニスはしごきたてられた。くびれた部分を指の輪がうごめきながら通っていく。そのたびに、祖父江は揺れる。身体も、体内の波も。

尾骨に、マッシモのペニスを感じた。彼のものでそこをこすり上げられていた。彼の精があふれようとしている。

マッシモの呼吸が速くなる。

手を取り合って、頂上を目指す。

「あ、ああ、俺、もう……！」

祖父江の目の前が白くかすんだ。

「ああ……！」

二人は同時に弾けた。

ぱん、と、音がしそうなほどに、いさぎよい絶頂だった。

マッシモは祖父江の身体を自分に向けると、キスをしてきた。頬に、唇に、鼻先に。

「もう、なんだよ」

祖父江も彼に返してやった。髪に、額に、耳に。

「すごいねえ」

真面目《まじめ》な顔をして、マッシモは言った。

「ちゃんとセックスだったねえ」

「そうだな」

でも、俺の記憶によると。

「男同士のセックスって、うしろを使うんじゃないのか?」

「ええ? ……でも」

驚くことはないだろう。

「いやなら、別にいいぞ」

「祖父江がしてもいいって言うなら。やらせて欲しい。ください」

まあ、あれだ。最初は感じないっていうし。でもここは、ふりぐらいはしないと、マッシモに悪いな。

そんなことを思っていたのに。

まったく、彼の指ときたら。

「あ……っ!」

くそう、くそ、くそ。この身体は、どうしてこんなにこいつに弱いんだ。どうしてしまったんだろう。

まだ彼の指が、入り口付近をローションをまとってさまよっているだけなのに、なんとも、むずがゆいような、じれったいような、これはなんなんだろう。

あれだ。

さっきあった、波。あれがまだ、自分の中で生きていて、呼吸している感じなんだ。

彼が大胆に、ローションを塗り込め始めている。指は、マッシモの情熱を伝えてくる。

どうしよう。

あの指が、外からじゃなくて、中に入ってきたら。さらに中で動いて、響かせたら。ざわつく体内で、指を増やされたら。その指を、動かされたら。

「俺……もう……」

「かわいい祖父江。もう、平気だよ?」

「平気……?」

「うん。ぼくを入れても平気そう」

マッシモの形良いペニスのきっさきがあてがわれる。そこで彼が腰を揺すった。それは、祖父江の身体に響く。

「あ……」

マッシモとのセックスは、知らないことばかりだ。だれもこんなことを教えてくれはしなかった。セックスとは、二つの身体が奏でる曲なのだと。共鳴し、響き合う波なのだと。

「なんだかこわいよ。でも、それなのに、俺はマッシモ、おまえが欲しいんだ」

「ぼくも、祖父江が欲しいよ。欲しくて欲しくてたまらなかったよ」

揺すられるたびに、祖父江の身体は少しずつ、少しずつ、緩んできて、ちょうどマッシモぶんくらいの隙間を作り出す。その隙間の存在感がすごい。マッシモに「早く埋めてくれ」と爪《つめ》を立てたくなる。

「ぼくのもの。初めての、ぼくだけのものだよ。祖父江……」

ぴったりと身体が合わさる。マッシモが隙間を押し広げて入ってくる。

王様みたいに、祖父江の中で君臨する。

律動が、始まった。

「ん……」

どこもかしこも、ぴったりあつらえたみたいだった。二つの身体が、歓喜の歌をうたっている。大波のようにうねりながら、彼の身体がこの身体の中でさらに育っていくのを、感じている。

目がくらみそうだ。

自分の身体の中に、こんな場所があって、こんな感覚があって、こんな快感がひそんでい

たなんて、信じられない。

「ああ、ああ」

祖父江はあえいだ。大波の中で、生を求める人のように、みっともなく、あえぎ続けた。

「あ、あ」

ひときわ大きく抉《えぐ》られた瞬間に、壁のような大波に支配されて、祖父江は達した。続けてマッシモが体内に精をちらす。それを受け止め、あとはただ、何度も打ち寄せる余韻が静まっていくのを、ただひたすらに祖父江は待った。

抜かれていくとき、寂しいと、祖父江は感じて、そんな自分に驚く。

横に寝そべったマッシモが、にこにこしている。

「すごかったー。すごかったね、祖父江」

「もう、いいよ」

照れるし、恥ずかしい。

「だって、こんなの初めてなんだもん」

「いいって」

マッシモは祖父江の髪に口づけた。

「ぼくのだって、思ったんだ。与えてもらうのじゃなく、欲しくて、手に入れたものだ。好きだよ、祖父江」

自分は意地っ張りだ。ピロートークでも、同意してやることができない。

「俺もまああかな」

「なんだよー、その言い方」

マッシモがむくれた。


翌朝。

マッシモが気が付くと、祖父江はすでに目を覚ましていた。祖父江がしみじみとマッシモの顔を見ている。

「おはよう、祖父江」

そう言うと、くっと鼻をつまんできた。

「なにするんだよ」

「……マッシモはやっぱずるいよな。寝顔もかっこいいって、なんなんだ」

そう言って、祖父江は背を向けた。

マッシモは朝日の中、祖父江の背の中心に走る、骨の形の均一さに見入る。彼は立ち上がろうとして、よろけた。マッシモは手を差しだして支える。

「いらねえって」

「むりさせたから」

「してねえよ」

祖父江の腰を、マッシモは抱いた。彼がびくりとする。

「朝までがっつかないよ？」

「そうじゃねえ。……まだ、マッシモがいるみたいなんだ。なんか、こう」

「響く？」

「そう」

「ぼくもだよ？」

手を動かす。腰骨の形をなぞる。

「やせちゃったね、祖父江」

自分の記憶の中にある彼の尻は、もっと丸みを帯びていたはずだ。

「おとなになったからな」

服を着ながら、マッシモは言った。

「ぼくに料理を教えてよ、祖父江」

「いいけど、別に気にする必要はないんだぞ」

「もうちょっと祖父江を太らせたいんだよ」

「抱き心地悪くて、申し訳なかったな」

「抱き心地は最高だったよ。太らせたいのは個人的な趣味」

祖父江は言い返す。

「俺がおおでぶになって、その縁側を踏み抜いたらどうするつもりなんだ」

「そしたら、困るねえ」


その朝、マッシモはさっそく、祖父江に聞きながらベーコンエッグを作った。卵はきれいな黄色で、太陽のように白身の真ん中に鎮座していた。食パンを焼き、バターをたっぷりのせる。

エスプレッソを食事の最後に入れてあげた。

「祖父江。苦い？」

「うまい」

マッシモは微笑む。

「祖父江もおとなになったもんだね」

「おまえがそうさせたんだよ」

「え」

そんな大胆なことを言うなんて。絶句していると、気がついて、祖父江があせる。

「違う。そういう意味じゃなく」

みるみる赤くなっていく。

「ああ、もう。俺が照れてどうするんだ」

寒い季節なのに、この家の中はひだまりみたいだ。たがいの体温を感じられる室内は、どこよりもあたたかい。

「ねえねえ」

マッシモは、祖父江に相談する。

「知り合いの監督が、コンセプトイラストレーターを募集しているんだけど、祖父江の絵を見せてもいい？」

「だめって言っても見せるんだろ。いいよ。どれでも適当なの持っていっていい。あ」

祖父江は言い添えた。

「あれ以外だぞ」

あれとは、マッシモの絵のことだ。

「了解」

それにしても、祖父江が、こんなにあっさりと了解してくれるとは思わなかった。そう言うと、祖父江は笑った。

「俺は、マッシモが望むことなら、なんでもしてやるよ。おまえに買われたんだからな」

マッシモは祖父江の絵のうちからコンセプトに合いそうなものを選んで、監督のもとに送った。

激烈な恋情はなくとも、日々を積み重ね、じっくりと愛を育てていく。そんなやりかたを教えてくれたのは、きっとクレモンだ。

「ぼく、おとといより昨日、昨日より今日のほうが、よりいっそう、祖父江が好きだなあ」

そう言うと、祖父江は困ったような顔をするんだ。いつか、祖父江からも言って欲しいな。愛している、好きだよ、マッシモって。

■ハリウッド

クリスマス前に、そのメールはもたらされた。

――オーケー、いい絵だ。ハリウッドで話をしようじゃないか。私は明後日《あさって》ならあいている。

そう、返事があったのだ。ハリウッド！

マッシモは浮き立った。


「ねえ、祖父江。ハリウッドに行こうよ」

「ハリウッド？」

「うん」

祖父江は家の台所で昼食のための米をといでいたのだが、マッシモを振り返ってしかめ面《つら》をした。

「マッシモ」

「うん？」

「一般的な日本人は、おまえんちみたいにワールドワイドじゃねえんだよ」

マッシモはキョトンとした。

「え。だって。アメリカだよ？　ハリウッドだよ？　ロシアの奥地に行くわけじゃあるまいし」

「隣の駅に行くぐらいの気軽さで言われても、困るんだよ」

「チケットはぼくがとるし、空港まで車で連れて行くし……。もしかして、パスポート切れてるの？　だったら」

だったらのあとが恐かった。もし「切れてる」と言ったら、マッシモのことだ。超法規手段をとりそうでびびる。

「あるよ」

「よかった」

マッシモはにっこり笑った。

「じゃあ、問題ないね。祖父江は英語、できたよね。アルベスタ監督と話をするのにふさわしい衣装をぼくが考えるから、絶対に着てよ。命令だよ」

「お手柔らかに頼む」

それにしても、英語、ねえ。

「しばらく英語は使ってないから自信ねえな」

「じゃあ、ぼくが特訓してあげる」

「こええなあ」

十二月も終わりだった。国際空港にはクリスマスツリーが飾られていた。そのツリーをしみじみと見ていると、マッシモにたずねられた。

「もしかして祖父江、クリスマスツリー、飾りたかったの？　気がつかなくてごめんね。帰ったら……――もしかしてもう遅いかもしれないけど、買って飾るよ。ああ、プレゼントはなにがいい？　リクエストがなかったら、ぼくが勝手に考えて贈るけど」

「そうじゃなくてさ」

祖父江は言った。

いつもいつもこの季節になると思い出すことがあるのだ。あのときも空港にはクリスマスツリーが飾られていた。自分の伴侶、志藤さゆみが亡くなり、マッシモと二人、カールトン校に帰るとき。

当時はひどく遠い存在に感じられたクリスマスツリーなのに、今は素直にきれいだなと思う。

それにしても人生とはわからない。あのとき隣にいたアルファのルームメイトと、こんな仲になっているとは。

だが、きっとそれも……――

終わる。もうすぐ。俺にはわかる。

カールトン校での最後の日々。あのとき、マッシモはこんな気持ちだったんだろうか。

「祖父江。荷物を預けたよ。向こうでコーヒーを飲もうよ。エスプレッソもあるといいんだけど。こういうところのって薄いんだよね。祖父江には泥水って言われるけど、イタリアのエスプレッソが一番おいしいよ」

「うん、そうだな」

祖父江は目を細めて、マッシモを見つめる。

行き過ぎるひとが、マッシモを振り返る。それほどに、今日のマッシモは輝いている。マッシモは自分では気がついていないだろうが、この旅に出かけることが決まってからというものの、異常なまでにはしゃいでいた。

おまえが嬉しいと俺も嬉しいよ、マッシモ。

「楽しそうだな、マッシモ」

「それはそうだよ。祖父江と行くはじめての海外旅行だもん」

「カールトン校に行ったじゃないか。あれは立派な海外だろう」

「あれは海外でも、旅行じゃない。学校だもの」

「どんな理屈だよ」

彼に答えながらも、このひとときがあまりにも貴重で、できるのならフリーズドライにでもして、永久にとっておきたいと祖父江は思った。

ハリウッド。

アルベスタ監督との打ち合わせを済ませたマッシモと祖父江は郊外のレストランに来ていた。広い中庭に面していて、ジビエを出してくれる店だ。季節がよかったら、中庭のテーブルで食事をとることもできたのだが、クリスマス近くでは少々寒すぎる。

食事が出てくるのを待つ間、二人は食前酒を飲んでいた。

「この服で本当によかったのか?」

今さら悩んでも仕方がないことを、祖父江は真剣に後悔している。祖父江が着用しているのは、呉服地のジャケット。これはアカデミー賞受賞監督との初打ち合わせに行くにふさわしい服装だったろうか。今でも祖父江の中には疑問として残っている。

「いいんだよ。祖父江に、とてもよく似合っているよ」

そう言って、マッシモはうっとりとこちらを見つめてくる。

「監督は日本びいきだから、そのイメージの服装が大事なんだよ」

「まあ、着心地はいいから文句はないんだけどな。マッシモ、これ、いくらだったんだ?」

「ああ、祖父江。ここ、ヘラジカ肉がおいしいんだって。食べてみたいよね」

あからさまにその話題を避けてくる。祖父江は携帯端末を取り出すと、自分を写してからジャケットを指定して画像サーチにかけてみた。そこに出てきた値段に目の玉が飛び出そうになる。

「マッシモ～」

「祖父江はぼくのものだもの。ぼくのものに、ぼくが好きな服を着せてどこが悪いんだよ」

マッシモは超絶理論で論破してくる。

「打ち合わせはうまくいったんでしょ。じゃあ、まったく文句ないじゃない」

「ああ。おかげさまでな」

監督との話し合いはトントン拍子に進み、次には脚本に合わせたラフスケッチを提出することになっている。やりとりはすべてネットでできるので、日本から出る必要はないが、それでもアメリカにいたほうが、なにかと仕事はやりやすいだろう。そう考えていると、見透かすようにマッシモは言った。

「いっそ、ハリウッドに引っ越す?」

祖父江は答えなかった。

マッシモのことだから、ここで「うん」などと言おうものなら、即座にビバリーヒルズに家を一軒、買いかねない。

「それにしても、こんなにあっさり決まるとは思わなかったな。俺みたいな素人《しろうと》の絵を気に入ってくれて、ありがたい限りだ」

「ぼくは好きだけどな。祖父江の絵。あのね、ぼくの絵はどこまでも明るいんだ。パステルカラーでさ。でも、祖父江の絵は、凄みがある。不条理とか、やるせなさを、感じさせる。

そこがいい」

マッシモはシャンパンを飲みながら、白トリュフの入った薄いチーズを口に運んで言った。

「監督もきっと同じだ。もう決まりだよね。あの監督の雰囲気に、祖父江の絵のイメージはぴったりだな。できあがりが楽しみだ」

「気が早いな」

ふふっとマッシモは笑った。

「これからは、デートの時間だね」

「デート？」

「だって、二人きりでハリウッドだよ。これは立派なデートでしょ。ましてや、クリスマスだもの。日本では恋人たちのロマンチックイベントだよ」

「おまえ、以前、クリスマスは家族で過ごすもんだって言ってなかったか」

「あれはイタリアの話。ぼくたちが、住んでいるのは日本だもん。日本流で行こうよ」

「あーもー、好きにしろよ」

甘い。甘い、甘い、ひととき。蜜のように甘い。こんな時間が自分に訪れるときが来るなんて思わなかった。

食事がやってきた。鴨《かも》のロースト、オレンジソース添えと、鹿肉の生ハム、うさぎのシチュー。鴨のローストは、カールトン校時代にボート部の練習用の池にやってきた鴨の話をしながら食べた。

こういうことを言うと嫌がられることが多いのだが、「可愛い」と「おいしい」は同時に成立する。

のんびりとした楽しい時間だった。

なるほどこれをデートだと言っても差し支えないのではないかと祖父江は思った。イタリアの王子様とハリウッドでデートか。これはまた随分とゴージャスな、極上の夢だ。

シャンパンを口にしながら、どこかでは冷静な気持ちで、祖父江はマッシモをあたたかく見守る。今日のマッシモは、本当によくしゃべる。蛇口が壊れてしまったぐらいの勢いだ。

それを自分は、聞いている。

「ねえ、祖父江。わかってる？」

「あー、聞いてるぞ。うさぎ狩りの話だよな」

「そうなんだよ。昔、うさぎ狩りのあとでやっぱりシチューが出てきたんだけど、弾丸《たま》を全部抜いてくれなくてさ、思いっきり噛んじゃった。乳歯だったからよかったけど」

「それは難儀だったな」

そう返したのだが、祖父江はマッシモの様子がおかしいことに気がついた。

「どうした、誰かいたのか」

今し方まで、あれほど饒舌《じょうぜつ》に話をしていたマッシモがしきりと周囲を気にしている。

「そうじゃないんだけど。ねえ、祖父江。なんだろうね、この匂い」

「匂い」

「果物なのかな。ここの料理なのかな。フレグランスじゃないよな。今までかいだことのない匂いだ」

祖父江は「そんなに気になるか」とマッシモにたずねる。祖父江にはわからなかった。マッシモはむきになる。

「気になるかも何もないよ。こんなに香ってるじゃないか。なんでわからないの」

「マッシモ。それは」

おまえにわかって、俺にわからないもの。この世のものとも思えないほど、芳《かぐわ》しい香り。

そしたら答えはひとつじゃないか。

レストランに一人の女性が入ってきた。ごくシンプルな黄色のドレスを着ている。胸元が大きく開いて、彼女の褐色の肌をさらしている。瞳は緑で、髪は銅を思わせる色をしていた。左の腕には瞳を模したタトゥー、そして大きめのバングルをしていた。彼女はたった今、砂漠を駆け抜け、ここに到達した女神のように祖父江には感じられた。

マッシモの口が開いている。今まで何回もこいつの間抜けな顔を見てきたが、なんといっても今回はナンバーワンだなと祖父江は思った。

――ジェシー、ジェシーだ。

周囲の客のざわめきが、彼女の名前を告げるのを祖父江は聞いた。

ジェシー。おぼろげながら聞いたことがある。記憶の中から、祖父江は彼女の情報を掘り起こす。彼女はオメガで、モデルで、もとは家族と南アフリカに住んでいた。彼女たちの民族がいた場所でダイヤモンド鉱山が発見されたのが、不幸の始まりだった。世界中から傭兵が集まり、さらに国も出動してきた。彼女たちの村は焼かれ、一族は砂漠を越えて逃げたのだ。ジェシーはニースのレストランで働いているときに見いだされ、モデルとしてデビューし、不動の地位を築いている。

今でも、平和と子どもたちの幸せを訴えて活動している。

ああ、この人がそうなんだ。

祖父江はそう納得しながら、彼女を見ていた。なんてきれいなひとなんだろう。動きのひとつひとつが絹のようになめらかだ。彼女の緑の瞳がマッシモの青い瞳と合う。二人は微笑《ほほえ》みあった。

彼女は近づいてきた。マッシモは彼女を迎えた。

テーブル上のマッシモの手の上に、彼女は手を重ねる。

「あなただったのね。マッシモ・ニシナ・カステリーニ」

「そうだよ。きみだったんだね、ジェシー」

彼女は優雅にかがみ込み、マッシモに口づけた。

「ねえ、お願い。ゆっくり話したいの。今から私のうちのあるラスベガスまで来てちょうだい。ああ、私たち、最高に気が合いそうだわ」

マッシモは間髪入れずにうなずいている。祖父江のことなど、目にも入らないようだった。

彼女が去ってからも、マッシモは何度もため息をついている。

「ああ、信じられないよ。こんなところで伴侶に会えるなんて。それがジェシーだなんて。ラスベガス、楽しみだね」

「そうだな。楽しみだ」

言いながら、祖父江はシャンパンをあおった。

■ラスベガス

ラスベガスは雪だった。ホテルの窓から、祖父江は外を見ていた。人工の街。広大な砂漠に、多大な富を生み出すため、賭け事のため、金を落とさせるためだけに現れた、巨大なおもちゃ箱。

「つまんねえ街」

祖父江は窓から離れた。ベッドに座ると足の屈伸をする。寒いと動かしづらい。

マッシモが聞いてきた。

「足は大丈夫？　痛むの？　医者を呼ぼうか？　いい鍼灸師《しんきゅうし》がいるって聞いたよ。行く？」

「いいよ。ちょっと冷えただけだから」

「今からジェシーに指定されたクラブに行くんだけど、歩けそう？」

祖父江はマッシモを見た。

この部屋は二人が日本で住んでいる家の一階がすっぽり入るほどの広さがある。大きなベッド。部屋の隅には透明な壁の中にバスルーム。外にはバルコニーがついていて、そこにはプールがあった。もっとも、今は冬。雪が降り積もるプールで泳ぎたいなんて、まちがっても思えないが。

「ジェシーは、伴侶なんだろ？」

マッシモの表情がぱっと明るくなる。

「そうだよ。彼女のことは知ってる？　彼女ってさ……」

これ以上、彼の口からジェシーのことは聞きたくない。

「ああ。だいたいな。おまえにふさわしいな」

「でしょう？　ぼくもそう思った」

くそう。自慢げなマッシモの鼻を、つまんでやりたい。

伴侶があらわれたら、もう俺には興味がないのか。どうでもいいのか。揺さぶりたい。だけど、しょうがない。伴侶なんだから。

「行ってくればいい。俺は足の調子がいまいちだからな」

「ねえ、祖父江。怒ってるの？」

マッシモはそう言うと、祖父江の足元にひざまずいた。そして、彼の足を抱え、膝に口づけた。彼のあたたかな呼吸を、祖父江は膝に感じた。

「怒ってねえよ」

祖父江は決して怒ってなどいなかった。それは確かだった。ただ、とうとう来てしまったんだとそればかりを考えていた。

「じゃあ、どうしてそんな顔、してるんだよ」

ぷはっと祖父江は笑った。

「どうしてもなにも、元から俺は、こういう顔なんだよ。ほら、行ってこいよ。いきなりのハリウッドに久しぶりに英語でフルに話し合いをしての、それからラスベガス。もう、俺はくたくただ」

「うん。じゃあ、行ってくるけど。ほんとにこの部屋から出ないでよ。約束だよ」

「いいから、行け」

「うん。……明日にしてもらおうかな」

それは困る。時間がたてばたつほど、自分の気持ちに迷いが出そうだ。

祖父江はマッシモの髪に指を差し入れた。そして、かがみこみ、彼の唇に自分の唇を合わせた。

「あ」

マッシモが青い目を見開いて、感激している。

「祖父江からのキス」

「いいから、行ってこい」

「心配だなあ。祖父江は身体が弱いから」

「俺が身体が弱い？」

マッシモが呆気《あっけ》に取られる。

「気がついてなかったの。しょっちゅう倒れるし、頭が痛いって言うし。風邪《かぜ》をひくし」

「そうだったのか……？」

「自覚ないから、よけいに心配なんだよ。頼むから、あったかくしててよ。どこにも行かないでよ。絶対だよ」

「わかった、わかった」

マッシモが出て行くと、室内は静かになった。外のプールに雪が降り積もっている。

マッシモ……。嬉しそうだった。

そうだ。嬉しいんだ。俺だってそうだった。

彼女を見たときに、太陽がのぼってきたような気がしただろう。今まで自分が孤独でとても寒かったことを知ったはずだ。そういうものだ。あたためてくれるもの。これからずっと、おまえが生きていくときにある、北極星みたいな存在。

「ようやく会えたんじゃないか。よかったな」

マッシモが指定されたクラブのテーブル席に赴くと、ジェシーはすでに来ていた。照明が落とされ、ジャズが流れていた。歌っているのは黒髪の女性だった。彼女の歳は、おじのルカと同じぐらいだろうか。「よく来てくれたわね」というように、ジェシーはマッシモの手を上から握った。

次の曲が始まる。

染み入るような曲だった。愛に迷い、今日の雪のように、降り積もる。歌い手は、ただひたすらにジェシーを見つめ、ジェシーもまた、彼女を見つめていた。

マッシモの携帯端末が震えた。マッシモはこっそりと、テーブルの下でメッセージを確認した。相手は祖父江だった。滅多に彼からマッシモにメッセージを送ることはない。

このまえ祖父江がメッセージを送ってきたのは、倒れたときだった。何事があったのかとドキドキしながら、マッシモはメッセージを読み始めた。

最初に窓からの眺めがうつっていた。夜のプールに降り積もる雪だ。

『俺たちの関係って、この雪みたいなものだよな』

メッセージはそう、始まっていた。

『やがて消える。それは自然なことだ。俺にはわかっていた。マッシモ、おまえはきっと、ハリウッドで伴侶に出会うだろうと思っていた』

彼にしては長く長く、メッセージが続いている。

『だっておまえは、とてもはしゃいでいたから。あんなマッシモを、俺は見たことがなかったよ。それで、つくづくと思ったんだ。俺って人間は、おまえと彼女が出会うために存在したんだとね』

何を言っているんだろう？

祖父江。それは誤解だ。早くホテルの部屋に帰って彼と話さなきゃ。

拍手の音がして舞台から歌い手が降りてきた。そしてジェシーの隣に座る。彼女たちはぴったりと身を寄せ合い、頬を擦《す》り合わせ、唇にキスをした。

「マッシモ。彼女がエトワール。私の愛する人よ」

ジェシーが紹介してくれた。

「初めまして。ぼくはマッシモ。マッシモ・ニシナ・カステリーニ」

二人は握手をした。

「会えて嬉しいよ。ゆっくりしたいところなんだけど、ぼくの恋人がどうやら誤解をしてるらしいんだ」

ジェシーが形の良い眉をひそめた。

「どういうことなの」

「祖父江はどうやら、エトワールのことを知らなかったらしいんだ」

「あらまあ、大変」

ジェシーが早く行ってあげなさいとマッシモを急《せ》かす。エトワールも同意した。

「そうよ。早く行ってあげて。伴侶だって、いさかいや、すれちがいがあるんですもの。ましてや、そうではない私たちが、最高に愛し合おうと思ったら、日々、愛を積み重ね、誤解をとき、より純粋なものにしていかないと、到底続いてはいかないわよ」

「あなたたち二人は、そうやって愛を育んできたんですね」

マッシモが二人に言う。

「そうよ。それは、とてもとても困難だった。けれど、とてもとても素晴らしいことよ」

ジェシーはそう言うと、マッシモの額に口づけてくれた。

「マッシモ、大好きよ。私の伴侶。私の分身。だからこそ私たち、私たちのやり方でやっていきましょう」

「はい。会えてよかった。いつか、うちにも遊びに来てください。よかったらご家族みんなで。大歓迎しますよ」

マッシモは歩き出しながら、メッセージの続きを読む。

『言っておきたいんだけど、俺は怒ったりしていない。感謝しかない。おまえと彼女のきっかけになれたなら、俺は嬉しい。出会ってから今まで、俺はずっとわかっていたんだ。いつかこういう日が来るって知っていたんだ』

「なに言ってんだよ、祖父江」

祖父江は何もわかってないよ。

ぼくはかつて、キューピッドだった。

そんなぼくが、きみの深い嘆きに、うっかり自分の足を愛の矢で刺しちゃったんだ。それからぼくはきみの虜《とりこ》になってしまった。きみのことが気になって仕方なくなってしまった。

もっともっと、ちゃんと言わなきゃいけなかった。きみに伝わっていなかった。

ぼくたちは伴侶じゃないから。だからこそ、伝え合っていかなくちゃいけなかったんだ。

マッシモはメッセージを送った。

『祖父江。トップモデルのジェシーには女性の恋人がいて、養子も三人いる。そんなすてきなファミリーなんだよ。知ってるとばかり思ってた』


「祖父江？」

ホテルの部屋に帰ると、彼の名前を呼ぶ。ベッドにへこみがあるのは、先ほど彼が腰掛けていたところだ。

「まったく」

目を離すとこれだから。祖父江は危なっかしくて仕方ない。外を見る。雪は激しくなってきていた。携帯端末をチェックするが、ラスベガスでは十年ぶりの大雪であらゆる警報が出ていた。

祖父江の携帯に電話してみたが、予想通り着信音は室内でした。

「携帯電話は持って出なきゃ、意味ないんだよ」

マッシモは部屋から出た。

ホテルの一階ではスロットマシーンが並んでいて、そのマシンの上にはどうやって運び込んだものか、赤い車が鎮座している。人混みを掻き分け、バニーガールが飲み物を差しだすのをよけようとして、マッシモはその場に足を止めた。

「嘘だろ」

これは夢か。

「どうして、きみがここに？」


雪が横殴りになっていた。照明が一枚の看板を浮かび上がらせている。

『ようこそ、素晴らしいラスベガスへ』

ラスベガスサイン。

ラスベガスの入り口に掲げられている有名な看板だ。いつもだったら観光客が写真の順番待ちをしているが、さすがに今日は人っ子一人いない。

祖父江はラスベガスサインの下で尻餅《しりもち》をついていた。杖は雪に埋もれてしまった。金ならあるが、携帯を忘れた。立ち上がれない。立ち上がる気力がない。

マッシモの伴侶に、すでに恋人がいた。

衝撃だった。

「マッシモ。おまえは、もう罰を与えてくれないんだな……」

いや、嘘だな。罰が欲しかったわけじゃない。単に楽しかっただけだ。

マッシモに買われたときと同じだ。おまえといると、俺は嬉しい。最高に楽しくなってしまう。

「俺、そんなことを許される身分じゃねえのに」

人影が近づいてきた。若い女性のようだった。

こんなところにみっともなく座り込んでいる男を見て、驚かないといいんだが。

白い服、白い帽子。

なんだ、まるで、天使みたいだな。もしかして、迎えに来てくれたのかな。

眼鏡に長い髪。

彼女の顔を見て、祖父江は声をあげそうになった。

「さゆみ……！」

「もう、こんなところで座り込んで。だから、心配だったんだよ」

ふうと彼女はため息をついた。

「よっくんってば、私がいてあげないと、弱っちいんだもん」

「だれが弱っちいんだよ。お、おまえのほうこそ」

寒さで俺はどうかしちまったんだ。頭がいかれてるんだ。ここはラスベガス。この雪に危ない薬が振りかけられているのかもしれない。

「おまえのほうこそ、先に、あんなふうに……。『生きて』とか言われても、俺は………

俺は……むりだよ」

「ねえ、よっくん。よっくんが、私のことを思い出せなくなったとしても、私はいなくならないよ。私はよっくんの中にいる。よっくんに溶け込んでいる。よっくんと生きてる。よっくんが楽しいと私も楽しくて、よっくんが愛するときに、私も愛する」

「さゆみ」

「ね？」

祖父江は知った。

「生きて」という、さゆみの言葉を呪いだと思っていた。だけど、違う。あれは祈りだ。もう近くにいられなくなった、とても愛《いと》しい人に、身を揉《も》みながら、口にした、切ない願いなんだ。

「さゆみ」

祖父江は言った。

「生きるよ。約束する」

さゆみは笑った。彼女はずいぶんとおとなびている。少し、煙草《たばこ》とアルコールの臭いがする。でも、彼女だった。

「じゃあね」

彼女はそう言って、去って行った。雪が、彼女の後ろ姿を覆っていった。

マッシモはふくらはぎまで雪に埋まりながら、ラスベガスサインに近づいていった。看板の根元に、祖父江が座り込んでいる。

見つけたときは怒鳴ってやろうと思った。

次の一歩を踏み出したときにはぶん殴ろうと思った。

さらにもう一歩。

けれど、彼がこちらを見たときにマッシモがしたのは、長いため息をつくことだった。

「何やってんだよ、祖父江」

「よく、ここがわかったな」

「愛の力だよ。と言いたいところだけど」

マッシモはしゃがみこむと彼のズボンの裾からＧＰＳの発信器を外して掲げて見せた。

「さっきホテルでつけといて、ほんとによかったよ。こんな大雪の日に、なんでこんなところに座り込んでるんだよ」

「日本に帰ろうと思ったんだ。でも空港が封鎖されちゃって」

「それで、ホテルに戻りたくないから、ここでタクシーを降りたって？」

「俺だっていい加減、戻ろうと思ったんだぜ。でもさあ、うっかり携帯をホテルに忘れてきちゃってさ」

マッシモは彼を揺さぶりたくなった。

「心配したんだからね。もう」

「さゆみに会ったよ」

「大丈夫？　寒さで幻を見たの？　医者に診せないとだめかな」

「平気だよ。マッシモ」

「うん？」

マッシモは雪の上に膝をついた。上等なコートとスーツがダメになるかもしれないが、しかたない。

「なに？」

「こんなボロボロなアルファだし、おまえの子どもを産んでやれるわけでもない。でも、俺は、おまえといたい」

「うん」

おそらく完璧な形の祖父江、カールトン校で出会ったあのままであったなら、きっとマッシモはここまで心惹かれなかったに違いない。彼の傷口が、彼の痛みが、彼のいびつさが、マッシモを捉えてやまないのだ。

悔しそうに彼は言った。

「好きだ。好きだった。ずっと。マッシモ。俺の生涯のパートナーになって欲しい」

マッシモは微笑んだ。

「やっと、言ってくれた」

雪の中、マッシモは祖父江の唇に、自分のそれを重ねた。

「もちろん、答えはイエスだよ」

ぐるぐると雪が殴りつけてくる。いまここで、二人だけみたい。なんともロマンチックな、夜。


「さ、寒い寒い寒い寒い！」

祖父江がガタガタ震えている。マッシモは大急ぎでホテルのバスタブに湯を張った。

「まったくもう、本当に祖父江は。手がかかるんだから。目が離せないよ。何をするかわからなくて」

「そんな言い方、ないだろうが」

「だって、本当のことでしょ。祖父江は自分では大人のつもりかもしれないけどね、めちゃくちゃ危なっかしいんだからね」

「俺のどこが、そんなに危なっかしいんだよ」

マッシモはおおげさに驚いてみせた。

「気がついてないの？　祖父江はいつも、前のめりなんだよ。人の言うことを聞かないし。今回だって、勝手に出て行っちゃうし。もしかしたらと思ってＧＰＳ発信器をつけておいて

WELCOME
TO Fabulous
LAS VEGAS
NEVADA

よかったよ。雪の中で、凍死しちゃうところだったんだよ」

「マッシモは大げさだな」

これだから、祖父江は。

「大げさじゃないよ。危機感が足りないんだよ。ごはん食べなくなるし、倒れるまで気がつかないし、詐欺にあいそうになるし、売り飛ばされそうになるし、病気で倒れたし、凍死しかけるし……——。ぼく、心から思うよ。祖父江はぼくのものになっているぐらいでちょうどいいんだなって」

「なんだ、ちょうどいいって」

二人はポンポンと言葉をかわしあっている。そして二人ともが気がついていた。今まで自分たちの間には遠慮があったんだということが、こうなって初めてわかった。

祖父江は凍《こご》える指先をなんとか動かして服を脱ぎ、バスタブに身を沈めた。その傍らにマッシモが立って服を脱ぎだした。

「おまえ、何やってんだ」

ぎょっとして祖父江が言うと、マッシモは反論する。

「だってお風呂が一つしかないんだから、しょうがないでしょ。ぼくだって寒いんだからね。祖父江がいけないんだからね。あんなにここで待ってろって言ったのに、目を離した隙に出て行っちゃうんだから」

「……悪かったよ」

祖父江は口の中で呟くと、広いバスタブの端の方に身を寄せた。マッシモが中に入ってくる。バスタブは二人が入っても十分な大きさがあった。

砂漠地帯のラスベガスでは貴重な湯を、惜しげもなくあふれさせ、二人はようやくあったまってきた。

人心地がついてほっとしたころ、マッシモが言い出した。

「ねえねえ祖父江。髪を洗ってあげるよ」

「いい」

「遠慮しないで」

「してねえよ。自分で洗うからいい」

「だめ。これは命令」

そう言われて、祖父江は不承不承、従った。

「お手柔らかに頼む……」

そう言いながらも、よく見れば彼の耳たぶの先は赤らんでいる。ぶっきらぼうに見えるが、こまやかな心の持ち主なのを、マッシモは知っている。

「祖父江の髪は、きれいだね。真っ黒だ」

そう言いながら、ここにクレモンがいたら、「これだからカステリーニは。黒髪に弱いんだから」と言うことだろうとマッシモは思った。だからなんだっていうんだ。

たまたまだ。愛する人を探していたら、たまたま黒い髪だった。それだけなんだからしょうがないだろ。髪を泡立てて、バスタブの中で、洗ってやる。

祖父江は、気持ちよさそうに眼《め》を閉じている。今しも眠ってしまいそうだ。

「いいよ。寝ちゃっても。ちゃんと洗い上げて、拭いて、寝かせてあげるから。はい、もういいよ」

そう言って、彼の顔を覗き込む。

彼は目をあけてマッシモを見た。不意打ちだったのだろう。そのときの顔ときたら。

真っ赤になって、慌てて、視線を外そうとするので、「だめだよ」とこちらを見させる。

「だめ。祖父江はちゃんとぼくを見るの」

「くっ、おまえ、ほんとに」

「祖父江は、ほんとにぼくの顔が好きだねえ？」

反論しないということは、そういうことだよね。

「ぼくって王子様みたいだものねえ？」

そう言って、彼の肩口を撫でる。びくっと反応した。祖父江の言動は、強情を張ろうとするけれど、身体の反応は、本人にも、どうにもならない。その身体は、彼自身よりもずっと正直で、素直で、マッシモを安心させてくれる。

身体の反応は、脊髄《せきずい》反射にも似ている。偽りようがない。

だって祖父江は、マッシモのキスを拒んだことなんてない。祖父江がぼくを大好きな証拠だ。それどころか、身体中から、情愛と欲望が立ち上ってくる。

合わせた唇から漏れる吐息が甘くなり、唇を柔らかく舐めると潤《うる》む瞳が、彼の真実を伝えてくる。濡れたままの髪から、しずくが滴《したた》る。

祖父江は悪態をつく。

「もう、なんだよ、これ。くそっ！」

「んー、愛の確認作業？」

そう言って、マッシモは祖父江の背をそっと抱く。じょじょに胸を合わせる。肉の薄い彼の胸の心臓の音が響いてくる。

「もっとこうさ、こういうんじゃなくていいんだよ。マッシモは俺を買ったんだからさ、てきとうにパパッとしてくれれば」

なんだ、その、ファーストフード的表現。

「えー、やだよ。そんなの。おもしろくないじゃない？」

「おまえ、しつこいから、やだ。俺が……」

祖父江は言いよどむ。

「んー、ごめんね。祖父江がとろとろになって、つい、素直に本音を言うまで、離せなくて」

ばしばしと祖父江は背中を叩いてくるが、まったく痛くない。

「それに、おまえ、言うじゃん。俺のこと、好きとか可愛いとか。アルファの俺様に、言ってのけるじゃん」

「うん？　うん」

「もう、それがさ」

泣きそうな表情で、かすれた声で、彼は言った。

「そんな、砂吐きそうな言葉がさ、最高に嬉しいとか思ってしまう、気色悪い自分がいるのが、もう、最低なんだよ」

「祖父江……」

今日はまた。いつもに比べて、素直になるのが早い。

「うん……」

髪をタオルで拭いてやり、ベッドに誘おうとしたところで、彼が立ちあがった。

「マッシモ！」

「なに？」

「俺、マッシモの、してみたい」

そこまで堂々と宣言したのに、マッシモが「え、それって」そういうことなんだろうかと一瞬、逡巡《しゅんじゅん》したのを見てとって、祖父江はまたバスタブに身を沈めた。泡を湯の水流がさらっていき、新たな温かい湯が足されていく。

いけない。驚きすぎてしまった。

「もう、なに言ってんだ、俺」

祖父江が湯あたりしたようにのぼせた顔で、身もだえている。

「いまの、なし」

「して。祖父江」

マッシモは、彼に言った。

「すごく嬉しかったよ」


ベッドの上。祖父江の舌先は、マッシモの粘い液を引きながら、離れていった。マッシモのペニスは硬度を保ったままだ。

「ああ、悔しいな」

祖父江は唇の唾液とマッシモの分泌液を手の甲で拭いながら言った。

「いかせるの、むりだった」

「負けず嫌いめ」

祖父江はがんばってくれた。バーキャンディみたいに頬張って、あめ玉みたいに舐めてくれた。

「すごく素敵だったよ。祖父江」

「もう、やらない」

「そしたら、さみしいなあ。もう、ほんとにやらない？　ここまでしてくれたのに？」

そう言って、マッシモは祖父江を座ったまま抱き寄せ、腿を互い違いにして、彼が育ててくれた自分のペニスを彼のペニスに押し当てた。

「あ、あ」

祖父江が半分、口を開いている。迷った末に、彼の手がマッシモの首に回る。マッシモは軽く身体を揺すった。

「ん……ん！」

かたくつぶった祖父江の目尻《めじり》には、ちょっぴり涙が浮かんでいる。マッシモはそれを舐めた。

「は……！」

彼が目をあける。彼の胸の飾りを撫でる。

「ふあ……！」

あまりにいい声だったので、マッシモの身体の芯がびりびり震えた。高まる波にさらわれるのを、マッシモはこらえた。

「マッシモ、おまえ」

「まだ、いってないから。安心して」

そう言って、マッシモは祖父江の腰に手を当てた。祖父江が感じ入った声を出す。

「うん。欲しいよね？」

ぼくも、祖父江の中に入りたい。どんなにいいか、知っているから。祖父江もそう？

「ああ、もう」

「祖父江の身体は、ぼくのことが大好きだよね？」

「身体だけじゃなく……」

「え？」

聞き直そうとしたマッシモに、祖父江はぶつかるようなキスをした。二人の身体が倒れた。

マッシモは祖父江を下にし直すと、膝に負担をかけないよう、注意して開いた。

指にローションを垂らした。祖父江の中に侵入させる。

——なんでこんなにいいんだろう、マッシモの指は。

祖父江は、そんな顔をしている。マッシモは誇らしくて、嬉しくて、しかたなくなる。

マッシモは指で、彼の中をこれから自分のペニスでこうするよって教えてあげた。こんなふうに、押し入って、開いて、つきあげて、ひねって、さらに奥に。

その模擬練習に二人とも が耐えられなくなって、動き、整え、身体を合わせる。入れた瞬間、「ああ」という祖父江の声が響いた。それは安堵《あんど》に近くて、それを聞くと、なにをしても許される気になる。

「今日の祖父江が可愛いから、しつこくしても、許してね？」

そう言うと、祖父江は返事代わりに足をからめてねだってきた。

最初の交合時には、二人ともがどう反応したらいいのか、戸惑っている。一度、たがいに達して、離れて、それからは無我夢中になった。キスの雨を、マッシモは祖父江の身体中に降らせた。祖父江は何度もあえいで、形を変えて、交わって。

そうしているうちに、二人はとろりとした液体になり、混じり合い、境目がなくなるような気がした。

しまいには、祖父江の吐いた白濁がマッシモの腹からしたたり、マッシモの放出したものが祖父江の中からあふれだした。

息が荒い。

祖父江と強く抱き合う。

次第に、元の二人の身体に分かれていく。それが惜しくて、なのにどこか、再び生まれるような嬉しさも含んでいる。

「こりゃあ、ひでえな」

「そうだねえ」

終わったあとのベッドのあまりの惨状に、清掃係にチップを上乗せしないわけにはいかなかった。マッシモは小切手を切って、枕の下に置く。

ざっと洗い流してさっぱりした身体で、狭い予備ベッドで身を寄せ合う。秘密基地に潜り込んだみたいで、愉快な気持ちになる。

「もうすぐ、夜が明けるね」

マッシモが言って、祖父江が応じた。

「そうだな。メリークリスマス」

「え、そう？　クリスマスだった？」

「そうだよ」

マッシモは笑い出した。

「今宵はずいぶんと、日本式のクリスマスだったね」

「ここまでは、激しくねえよ」

「ものすごく、素敵だったよ。メリークリスマス」

祖父江は言い出した。

「あー。なんか、味噌汁が飲みてえな」

「そうだね。言えば、持ってきてくれるだろうけど。うちで作るやつがいいな。わかめと油揚げ」

「俺は、なめこと豆腐だな」

「それも、いいね」

祖父江が言いだした。

「マッシモ。俺、やっぱり、日本がいいな。大学にも帰りたいし」

マッシモは賛成する。

「そうだね。そうしよう。ぼくたち、日本に住もう。ああ、でも、次に長い休みがあったら、薔薇の島に行こうね。イタリアのカステリーニの持ち島だよ。あそこを祖父江に見せたいし、祖父江をみんなに見せたいんだ」

「いいけど」

祖父江の不安な気持ちを感じたのだろう。マッシモは髪に口づけてきた。

「安心して。他の誰にも、なにも言わせないよ。なにかあったら、もう二度と会わなきゃいいだけの話だし」

「おまえのそういうとこって、ほんと、アルファだよな」

祖父江はマッシモの鼻をつまんだ。


朝になれば雪はやんでいた。まぶしい白い光が名残《なごり》となっている。

祖父江は、子どもみたいな寝顔をしている。この世の中になにも恐いものなんてない顔。無垢《むく》そのものの顔。

「かーわいいー」

自分が祖父江を幸せにしている。そう思うと、マッシモは芯からあたたかくなってくる。

「おはよう、祖父江」

キスをすると、「うーん、マッシモぉ……?」とつぶやき、最高の笑みを浮かべて、「今日も、きれいだ」と言って、そのまままた眠る。

じーんと感動に打ち震えながら、マッシモは余韻を楽しみつつ、ベッドを下りる。

祖父江は寝ぼけているときには、やけに素直で、たまにこんなことを言ってくれる。いつか、真実を告げたら、祖父江はどうするだろう。そうなったら、意地でも言わなくなるかも。もしくは、いっしょに寝ないって言いだすかも。そうなったら寂しいから、やめておこう。

「さってと」

クリーニングされた服を着込んで、マッシモは部屋を出る。待ち構えていたカジノホスト、黒服の従業員が走り寄ってきた。

彼が心配そうな顔をしているので、マッシモは微笑む。

「カジノに行くよ」

カジノホストは、心底安堵した顔をした。

それはそうだろう。彼らの仕事は客にカジノで金を落とさせるお手伝いなのだ。

「手っ取り早く、スロットマシーンでいい? 早く部屋に帰りたいんだ」

カジノホストは少しだけ悲しそうな顔をしたが、マッシモは気にせずに一階に降りると、あの赤い車のところに行った。そこだけスロットマシーンのレートは破格の値段になる。マッシモはカードで支払いをすると、無造作にハンドルを引く。

「あー、まずいなあ」

マッシモはたまにだが、幸運の女神がささやくのを聞くことがある。今は別に、いらないんだけど。女神はマッシモの耳に息を吹きかけてきた。

ファンファーレが鳴り響いた。スロットには「係員が来るまでお待ちください」の文字。ジャックポット、大当たりが出たのだ。

「すごーい！」

遠くから見ていたバニーガールが叫ぶ。マッシモは彼女を差し招いた。

「水を一杯、もらえるかな？」

そう要求すると、彼女はミネラルウォーターを差し出してきた。

彼女の盆に、マッシモはポケットから出した札をすべてのせる。

「こんなに？」

「昨日、世話になったから」

バニーガールはアカネだった。彼女はラスベガスで働いていたのだ。

「私もずっと、気になっていたの。だから、よかった」

マッシモがひとこと言いかけると、彼女はわかってると言いたげにうなずいた。

「もう、日本に帰るつもりもないし、彼にまた会う気もないから、安心して。ラスベガスって住み慣れると、なかなかいいところよ。おもちゃ箱みたいで愉快」

あのねと彼女は続けた。

「ゆうべ、祖父江さんに会ったら、今までの心配が嘘みたいに消えたの。なんだか、もう大丈夫だって思った。なんだったのかな、あれ。自分が自分じゃないみたいだった」

昨日、マッシモは彼らを見守っていた。アカネが話しているのを、見ていた。

まるでさゆみがのりうつったかのようだった。形《かたち》が似ると、魂を呼び寄せることがあるのだろうか。

「メリークリスマス」

マッシモは言った。

「メリークリスマス」

彼女も応じた。係員がかけつけてきて、あたりがいっそう騒がしくなる。この金は、記念に、そうだな。ジェシーにやろう。彼女が作っている慈善団体に寄付してやろう。きっと有効に使ってくれるだろう。

マッシモと祖父江は、春を待って薔薇の島を訪れた。ことの次第を説明されたミケーレは複雑そうな顔をしていたが、少なくとも表面上は祖父江を歓迎してくれた。

マッシモの三人の弟たちと、紗栄子とクレモン、その子二人も加わり、食卓はにぎやかだ。クレモンは「ああ、やっぱりそうなった？　カステリーニは黒髪に弱いからな」と笑っていた。


祖父江は、彼方《かなた》が野いちごのジャムを煮て瓶《びん》に詰めるのを手伝った。台所じゅうに甘い匂いがたちこめている。砂糖の大袋がいくつもあけられ、注ぎ込まれる。領主の館《やかた》の台所には、館のメイドだけでなく、村からも何人もやってきて、大人数になっていた。

「すごいでしょう。こういうところがイタリア式っていうか、なにかあると、村全部をあげてやるんだよ。だから、みんな顔見知りだし、家族みたいなものなんだ」

彼方は笑ってそう言った。

「ごめんね、お客さんなのに手伝わせて」

「いや、俺、庶民なんで。動いているほうが気が楽です」

「ああー、わかるよ。そこに座っててって言われても、そわそわしちゃうよね」

祖父江はひたすらに野いちごのへたをとっていた。思わず、口にしていた。

「すみません」

「え、なにが？」

彼方がきょとんと祖父江を見た。

「だって俺、オメガじゃなくて、伴侶でもないし、子どもも、産めないし」

「ああ」

彼方は破顔した。そうすると、こちらの心が解きほぐされていくようだ。彼の笑顔を見ると、なるほど、この人はマッシモの親なんだなあと祖父江は感心するのだった。

「マッシモから、あらましは聞いたよ。彼はぼくにはなんでも話すからね。ぼくは、よかったなあって思ってる」

よかった？　祖父江は耳を疑って、のほほんとしたもの柔らかい印象の、マッシモの生みの親である彼方の横顔を見つめた。

どう考えてもよくはないだろう。

アルファは君臨し、オメガはアルファの子を孕《はら》む。自分にはマッシモの子どもを受胎する能力がない。

彼方は言った。

「なんかねえ。ぼく、もしかして、マッシモが真剣に恋する相手は、この地上にはいないんじゃないかなあって思っていたんだよね。マッシモの相手が宇宙人とか、魔法使いとか、古代のひととかじゃなくてよかった。そうしたら、意思の疎通が難しそうだし、マッシモもそうそう家に帰ってこられないだろうしね」

これは、笑えばいいのだろうか。笑うところだろうか。最初は整った顔をしてはいるが、平凡な男の人だと思っていたのに。さすが、ワイヤープラーの伴侶、マッシモの生みの親。言うことがぶっ飛んでいる。

しかし。

「もし、そうなったとしても、マッシモだったら大丈夫。りっぱに生き抜きますよ」

そう思う。彼方はかえしてきた。

「そうだよね。ぼく、マッシモが困っているところなんて、思い浮かばないよ。いっつもにこにこしているから」

「……」

それには同意しかねたので、祖父江は黙ってしまった。だって、笑顔以外のマッシモをたくさん見た。

起き上がれずにベッドから見た、心配そうな顔。

カールトン校で、もう日本に帰ると言ったときの、悲しそうな顔。

再会して、近寄ってきたときの、怒った顔。

病院で見た必死な顔。

彼方が言った。

「そっか。祖父江さんは、ぼくらの知らないマッシモを、たくさん、たくさん、知ってるんだね」

「そう、みたいですね」

「祖父江！」

当のマッシモが、台所に飛び込んできた。

「ぼくも手伝う。手伝わせて」

シャツ姿の彼は、椅子に腰を下ろすと野いちごに手を伸ばそうとした。たちまち、女たちに囲まれて、立たされる。

「若様。このようなところにいらっしゃってはいけません」

「若様にそんな罰《ばち》当たりなことをされたら、ジャムが酸っぱくなってしまいます」

「さあ、出て行ってください」

村の年寄りたちも、こぞってマッシモを追い出そうとする。

「ああ、じゃあ、祖父江。いっしょに来てよ。ぼくの馬を見せてあげるよ」

マッシモは必死に祖父江を誘う。

「ああ、じゃあ、そうしようかな」

祖父江は腰を浮かす。

「二人とも、行っておいで」

さして戦力になっていないのは明白だったので、祖父江は彼方に見送られて、マッシモに従うことにした。


祖父江は乗馬服に着替えさせられた。

「言っておくが、俺、乗馬は苦手だぞ。カールトン校でちょっとやったくらいだ」

カールトン校の同級生には、学校に自分の馬を持ち込んでいる子も多数いたが、だいたいが日本人なら自分の馬を所有しているほうがまれだ。

「大丈夫。ぼくの馬は優しい、いい子だから。きっと祖父江も乗せてくれるよ。ねえ、エーデルワイス。いいよね?」

馬丁が連れてきた白い馬が祖父江を値踏みするように見つめていたが、しょうがないというように、従順な態度を見せた。

その様子は、うんと年上の姉が弟に対するような寛容さで祖父江はおかしくなった。

祖父江は足置きを経て、エーデルワイスに乗せられた。補助の鞍《くら》がついている。腿に、馬の体温が感じられた。

「うわ、あったかい」

「そうでしょ。馬といっしょになった気がするでしょ」

そう言いながら、背後にマッシモが座った。

「じゃあ、行こうか。エーデルワイス」

馬はゆっくりと走り出した。


丘の上。

雲が羊のように浮かんでいる。そこでマッシモは言った。

「昔、先祖はどうして思いがけない相手を、そんなにも熱烈に好きになるのか、理解できずに苦しんだそうだよ。駆け落ちしたり、連れ戻されて塔に閉じ込められたりもしたみたい」

当時から、きっとアルファとオメガはいて、目に見えない磁力で惹かれ合っていたんだろう。

「ぼく、思ったんだけど。ぼくが好きになったのが伴侶を亡くした祖父江だとしたら、祖父江が好きになったのは、伴侶がすでにほかの道を歩んでいる、ひとりぼっちのぼくなんだよね。そしたらさ、ぼくたち、すごいぴったりだと思わない？」

思いがけないアクシデントだったかもしれない。だが、今、こうして、近くにいること。

それこそが答えなのだろう。

「割れ鍋に、綴《と》じ蓋《ぶた》か？」

祖父江は、早口の日本語で言った。

「え、なに？　なんて言ったの？」

「俺たちは、たしかにぴったりだって言ったんだよ」

「うん、そうだよね。ぼく、世界に向かって『ありがとう』って言いたくなるよ。世界がぼくのために祖父江を用意してくれたんだからね。ねえ、……祖父江？」

マッシモが耳にささやきかけてくる。

「愛してるよ」

こそばゆくて、全身が震える。

「おまえ、ほんとに恥ずかしいやつだな。愛しているとか……」

「祖父江は冷たいよ。ぼくも、祖父江にたくさん『愛してる』って言って欲しいのに」

「ばっかじゃねーの」

そう言ってしまってから、祖父江はうつむく。きっと背後で、マッシモは待っている。自分の首筋を見つめながら、待ち続けている。

恥ずかしくて死にそうになりながら、ようよう祖父江は口にする。

「ティアーモ《愛している》、マッシモ」

たまらないなあと背後から、マッシモが抱きしめてくる。

「くすぐったいよ、マッシモ」

戯《たわむ》れる二人にあきれたものか、エーデルワイスが背中を震わせる。

「ごめん、ごめん。さあ、行こう。祖父江、ちゃんとつかまっててよ。馬はけっこう揺れるからね」

「おう」

二人を乗せた白馬は、丘をくだり、羊の群れの中を走り去っていった。

仏頂面の恋人

朝。東京のマッシモの家。

台所のテーブルで、ほかほかの白いごはんとほたてのもろみ漬け、そして豆腐とわかめの味噌汁《みそしる》を前にして、マッシモがその、太陽に向かっているひまわりのような、とびきりの笑顔を祖父江《そふえ》に向けて言った。

「どうしたの、祖父江。こんなに、朝ごはんはおいしいのに。苦虫を噛《か》み潰したみたいな顔をしているよ」

祖父江は、ぐるぐると味噌汁をかき回していたのだが、はっと気がついて、返す。

「どうしたもこうしたも、俺は元々、こういう顔なんだよ」

「嘘だよ。祖父江はいつもはもっと、可愛い顔をしているよ」

祖父江芳明《よしあき》の箸が止まった。

こいつの恐ろしいところは、これを心から、掛け値なしの言葉で言っているところだ。味噌汁がまるで、急に激しく粘っこくなったように感じられた。じっとりと全身に汗が湧いて出る。

マッシモと付き合うようになってから、何度、このような汗をかいたことか。未《いま》だに慣れることができない。祖父江はぶっきらぼうな口調になる。

「可愛いわけ、ねえだろうが」

恥ずかしさのあまり、つい憎まれ口を叩いてしまう。そんな自分は、まったくもって可愛くないなと祖父江は思う。

「なにか、悩んでることでもあるの」

「別に」

「独りで抱え込むの、悪い癖だよ。だから祖父江は危なっかしいんだ」

「危なっかしくなんて、ねえ」

ふっと、マッシモはため息をつく。

「あのね。適切な相手に相談できるって、おとなの条件だよ。抱え込んでいても、同じところを回るだけだから」

間髪入れずに、マッシモは言った。

「今度のグループ展」

びくっと祖父江の身体《からだ》がこわばる。

「ドイツ出張で見に行けなくて、本当に残念だなあ」

やられた。見事にカマをかけられ、そして反応してしまった。そう。この、グループ展こそが、祖父江が今こうして、しかめっ面《つら》をしている原因に他ならないのだった。

「見に来なくたっていいよ」

「えー、祖父江の晴れ姿じゃないか」

「言っておくけど、おまえ、絶対に来るなよ。絶対だぞ」

祖父江が念を押すと、マッシモは口を尖《とが》らせる。

「なんだよ。祖父江は冷たいんだから」

「おまえは、目立つんだよ。うちの大学になんて来てみろ。大騒ぎになっちまう」

「わかってるよ。ぼくって、まるで王子様みたいだものね」

「ああ、そうだな。王子様、王子様」

ほかのヤツが「ぼくは王子様」なんて言ったら、はっ倒したくなることだろうが、この男だけは別だった。

第一、「王子様」というのは、マッシモに関して言えば、あながち間違いとも言い切れない。マッシモの家柄は、さかのぼれば王族にも繋《つな》がる家柄だそうだ。世が世であれば、王子様であっても、まったくもっておかしくないご身分なのだった。

「それじゃ、行ってくる」

今日は家で仕事をするマッシモが、祖父江を見送りに大正時代に建てられたこの建物の玄関に出てきた。玄関には、広口の白い花瓶《かびん》に、庭の落ちた枝が無造作に飾られている。

マッシモは、靴を履いた祖父江の肩を捕まえると、くるりとひっくり返した。ド迫力のプラチナブロンドと青い目の美貌《びぼう》が目の前にきて、祖父江をどぎまぎさせる。

「有利に話を進めるためにはね、相手が本当に欲しいことを把握することだよ」

マッシモは、にっこり笑った。

「人間は多くの場合、お金とか、利益とか、色恋沙汰《ざた》で動くんだけど、裏には違う欲望が潜んでいるんだ。そして、その真実の欲望がなんなのかは、自身にさえ、わからない。他人を蹴落《けお》としてでも、よい成績を取りたい欲望の裏には、親の期待にこたえて褒められたいという願いが隠れているし、美しい女性を得たいという欲望の真実は、同僚の賞賛を得たいという欲求が隠れていたりする。どうしてだろうね？　人は往々にして、自分の本当の欲望を隠すんだよ。自分からも、他人からもね」

「おいおい」

マッシモは天使のような微笑《ほほえ》みを浮かべながら、とんでもないことを言う。

「だからね、人心を掌握するためには、その人が本当に望んでいることを探り出さないといけないんだ。それがわかってしまえば、こっちのものさ」

「おまえ、また、そういうこと」

「なんだよ。せっかくこのワイヤープラー《傀儡師》たるカステリーニの秘術を教えてあげたのにさ。でもね、祖父江。一番肝心なのはね、自分の気持ちをいつも正直に保っておくことだよ。正直が一番。それが最大の武器だよ。勝《まさ》るものはない」

「相手の気持ちを知り、自分の気持ちを知る」

「そうだよ。無形の感情を翻訳するのは難しいけれど、表現しないと、伝わらないから。憂《うれ》い顔の君もすてきだけどね」

マッシモはそう言うと、祖父江の唇に音を立ててキスをした。

「ほら、祖父江。祖父江の大好きなぼくの顔を見れば、気分もよくなるよ」

こいつを調子に乗らせてしまうと祖父江は危惧《きぐ》したのだが、結局はマッシモの思い通りに、笑ってしまった。

「そうだな。なにかあったときには、おまえの顔を思い出すことにするよ」

そう言って玄関を出て、飛び石づたいに純和風の門まで歩きながら、祖父江は考えている。

――相手と自分の気持ちを知る。

それは、マッシモが言うほど、たやすいものではないだろう。

降りる駅に着き、自分が通う美大までの道を歩きながら祖父江は考え込んでいる。


グループ展「福袋」のメンバーは五人。全員三年生だが、浪人や留年が多く、年齢はバラバラだ。すでにプロとして活躍していて、卒業後も美術業界の第一線で活躍していくだろう逸材揃《ぞろ》いだ。

まずは、リーダーである祖父江。油絵から水彩、アクリルまでこなすが、なんと言っても、ハリウッド映画のコンセプトイラストレーターで一気に名前を知られるようになった。

発起人は、中野《なかの》という日本画専攻の男だ。神経質そうな細い身体をしていて、考え込むと腕組みをして独り言を言い出す。父親は日本画の大家だった。

髪の毛が長く無口な女性で、竹を蒸気でしならせて作品を作る、式部《しきぶ》。

小柄で見た目は可愛らしい女性なのだが、やたらとごつい鍛金《れんきん》工作をする木田《きだ》。

もう一人は男子学生で、近沢《ちかざわ》という。彼は赤いメッシュを入れた髪にピアスをじゃらじゃら言わせている。彼を見ると、祖父江はだれかを思い出さずにはいられない。彼が得意とするのはステンドグラスだ。

年上かつ、アルファということで、祖父江がリーダーを任せられているのだが、これがまとまっているとはとても思えない。

グループ展のリーダーに指名されたときに、祖父江はひとつだけ、彼らと約束をした。それは、朝八時以降に来て、夜七時までには帰ること。

それ以外の時間は、原則、作業場《さぎょうば》の利用を許可しない。

祖父江が作業場の鍵《かぎ》を持っているため、時間外にはだれも入れない……――そのはずだった。

「いったい、どうしたもんか」

祖父江はまた、苦い顔になる。

「くっそう、イラッとする。あの、逆・こびとの靴屋め」

悪態をつく。

ささいな、だが、確かな異変。

ほかの連中も、そろそろ気がつくころだろう。

グループ展の作業場は、火気を使用することもあり、本校舎からは離れた場所にある。学校に伝統があることもあって、作業場も古い。商店街のように中央通路にはアーケードがあり、天井は透明な弧を描いている。

大きめの店舗が並んだシャッター街の廃墟。

それが、この作業場の印象だ。

一見、商店街のようだが、それにしてはやたら道幅が広い。貨物運搬用の中型トラックが二台、余裕ですれ違える広さがある。

ただし、各々のシャッター前の路上には、今日は粗大ゴミの日かと疑うほどに、大量のがらくたが転がっている。それは、学生たちに言わせると、大切な作品材料だそうだが、木材から鉄鋼からプラスチックから、ぬいぐるみまで、わけのわからないものが、ときには養生シートをかぶせられて放ってあるさまは、廃墟感をいやましている。作業場の主が変わるときに、一応、片づけはされるのだが、しばらくすればまた元の木阿弥《もくあみ》になるのが通例なのだった。

その左右に十ずつ並んでいる右一番奥、二〇と大きくスプレーで描かれているシャッターの場所こそが、祖父江たちのグループ展「福袋」が提供されている、作業場番号二〇なのだった。

シャッターのある表通り側は、おもに搬出入に使用する。出入りは反対側にある通用口から行うのが普通だ。そのため、祖父江は建物を回り込もうとした。通用口前では、グループ展の女子二人が立ち話をしていた。祖父江の足が、一瞬止まる。

「なんかもう、やりにくいったらないよねー、あのリーダー。やってらんねえって感じ」

そう愚痴《ぐち》っているのは、作業着以外はゆるふわ系で決めている、木田だった。式部が同意している。

「そうだねえ」

「だいたい私、夜型なのに。こんなに朝早く来て、夕方帰るなんて、初めてだよ。なに、この、健康的な生活」

「いいことじゃん。お肌の艶《つや》がいいよ」

「え、そうかな。ビタミンCのサプリが効いてるかな。……じゃないや、そういうことだから、もう、今日という今日は、言ってやろうと思うんだよね」

まあ、いいか。不満があるなら、いくらでも言えばいい。くすぶられるよりマシだ。逆・こびとの靴屋よりは数倍、いい。彼女らの会話が途絶えたのを見計らって、祖父江は足を踏み出した。

「おはよう、早いんだな」

「おはようございます」

式部が、ぺこりと頭を下げた。木田がそれでも一応、挨拶をする。

「おはよう……」

「おはようございます」

そこにやってきたのは中野だった。

「時間ぴったりだな。あけようか」

祖父江はデイパックに厳重に結んでいる鍵を取り出し、通用口をあけた。

がらんとした室内。四隅に散らばるように、ステンドグラスと竹細工と鍛金と日本画の作業場が設置されている。真ん中に、祖父江のキャンバスがある。

小さめの体育館ほどの広さがあり、天井が高い。中には溶剤の匂いが漂っていた。

「あれ？」

ゴンと鈍い音がした。作業着に着替えた木田が、金槌《かなづち》の柄《え》だけを持って、立っていた。

「いやあ、失敗、失敗」

木田はそう言って、舌を出した。

「おっかしいなー。昨日は緩んでなかったのになー」

彼女は金槌を叩いて、強引にはめ込んでいる。

「うん、大丈夫。いける、いける」

木田は豪快に笑った。

「……」

見れば、中野も首をかしげている。

「どうした？」

「昨日と絵の具の位置が違うような……」

祖父江も自分のキャンバスを見る。すみに、よく見ないとわからない程度の汚れがあった。削り取って、上から塗ればわからないが、微妙にいらつく。

こういうことが、数限りなくあるのだ。

善良な靴屋のために、靴を作ってくれたのがこびとの靴屋なら、これは真逆。致命的ではないが、こちらを苛立《いらだ》たせることこのうえない。

「おはよーっす」

その頃になって、ようやく近沢がやっていた。祖父江は彼を嫌いではない。この男を見ていると、薔薇の島《イーゾラ・ローザ》で引き合わされた、マッシモのおじ、クレモンを思い出すのだ。陽気な女たらしであるところも似ている。

「どしたの。みんな、しかめ面して」

この中で、彼のステンドグラスだけが異常がない。これはどういうことだろう。

そこまで神経が細いとも思っていない祖父江でさえ、こんなに気になっているのに。さきほどトラブルがあった木田は、まったく気にしていない。彼女は堂々と、スマホを手にしている。彼女の手の動きから、ゲームをしているのがわかった。別にいい。ゲームをしていてもいいのだが。

祖父江は彼女に念を押した。

「言っておくが、今日も午後の七時には、鍵を閉めるぞ。ちゃんと作業は進んでいるんだろうな」

祖父江は心配になる。彼女は、おとなしくスマホを置いた。

「はいはいはいはーい！」

可愛らしく、木田が手を上げた。

「それについて、言いたいことがあります」

「どうぞ？」

「私たちはアーティストです。アーティストが時間を決めて、きっちりと仕事をするっておかしくないですか。こう、ノリってもんがあるじゃないですか。バイオリズムっていうか。私、夜型なんです。いつだって、深夜が一等、のるんです。それなのに、むりやり朝型にってこんなのないと思う」

式部が、木田を止めにかかっている。「やめておきなよ」と口が動くのを、祖父江は見た。

「だから、ここで、多数決を取りましょうよ」

木田は、挑戦的な目つきで祖父江を見た。「はい」と元気に手を上げたのは、近沢だった。

「俺は、反対です」

「なに、近沢さん、反対って、どういう意味？　今のまま？　それとも、自由にするってこと？」

「俺は、多数決を、信用していないだけですよ。だから、多数決そのものに反対です」

「なによ。民主主義に反するでしょ！」

「地動説を当時、多数決で取ったら、負けてただろうね」

近沢は祖父江に言った。

「祖父江さんは、どうして、こういうルールにしたんですか。集められたときには、咄嗟《とっさ》のことでうなずいてしまったけれど、それには理由があるはずですよね？」

「俺……」

ぐるぐるといろんな感情が祖父江の中を巡っていった。

「俺は……――」

必死に考える。

「なんだっていいんですよ。好きなアニメの配信がある、とかでもさ」

「そうじゃない」

「あの、それはそれとして」

中野が手を上げている。

「グッズのほう、外部に発注かけるなら、そろそろ、やらないと、グループ展の日までの納品が難しくなりますよ」

「あー、そっか。なんにしよー」

木田の気持ちは、あっという間に切り替わる。

「スマホケースとかどうかな。かっこよくない？」

「鍛金だよね？　重くない？」

式部が答えている。

グッズがすでに決まっているのは、式部が作る竹細工の籠《かご》に合わせたワイヤープランツ、近沢のステンドグラスを使ったアクセサリー、そして祖父江は、写真学科とインダストリアルデザイン科の学生の協力を得て、今までやってきた仕事のラフをまとめた画集を販売することになっている。


祖父江は痛む胃を抱えつつ、帰宅した。

「画集とか、まとめ役とか、性《しょう》に合わねえんだよな」

「おかえりー、祖父江ー」

玄関先で、マッシモが自分に抱きついてくる。大型犬に懐かれている気分だった。祖父江の足はだいぶよくなって、このぐらいされても、びくともしない。

マッシモの頭を撫《な》でてやる。

「マッシモはいつもご機嫌だなあ」

「祖父江がいるからね。祖父江も、ぼくがいるから、楽しいでしょ？」

「そうだな」

祖父江は笑った。実際、マッシモの柔らかなプラチナブロンドや青い目や、完璧《かんぺき》な顔や身体を見ていると、感嘆してしまう。神様というのはじつに不公平だと、つくづく思う。神様に「この子のことを特別にひいきすることにしたからね。ここらへんの美をすべて集めて、この子に使ってしまったんだよね」と言われても、「ああ、そうですか。そうだと思いました」と納得しそうだ。「ぼくは特別なアルファだから」というのがマッシモの口癖だったけれど、さもありなん。

おまえは元から特別に美しく、特別に愛されている子どもだよ。おまえにはたくさんの愛情がぱんぱんに詰まっている。甘い、蜜みたいに。だから、おまえを見ると、俺は微笑まずにはいられないんだ。

「今日はね、ポトフにしたよ。もう、夜はだいぶ涼しくなってきたからね」

「それは、嬉《うれ》しいな」

「お風呂、入ってきちゃってよ。そのあいだに、できあがると思うから」

「わかった」

季節は秋。庭には毎日、人が入って落ち葉を掃き清めてくれるが、それでも、葉ははらはらと池に散り、魚たちの動きも鈍くなってきていた。

庭はまるで、一枚の絵。額縁は、縁側の柱。

「昼間の庭をじっくり見る時間も、今年はなさそうだなあ」

そう言いながら、祖父江は風呂場に向かう。手早く身体を洗って出てきて、腰にバスタオルを巻いた姿で、考える。

どうしたら、マッシモみたいに笑えるんだろう。ああいうふうに、見る人を微笑まさずにはいられないようにできるんだろう。

自分の顔を洗面所の鏡でしげしげと見た。

洗面所は、この家にふさわしく、青い漆喰《しっくい》にスモーキーカラーの四角いタイルで彩られている。真鍮《しんちゅう》で縁取られた、大きめの鏡を相手に、祖父江はマッシモの真似《まね》をして、微笑んでみた。

……うさんくさい。

「うーん、違うんだよなあ」

そう言って気を抜けば、いつもの祖父江、苦虫を噛み潰した顔になってしまう。

あきらめて、後ろを振り向いたときだった。マッシモがキョトンとした顔をして、そこにいた。

「お、まえ。いったい、いつから、いつからそこに……――」

「そうだね。きみが鏡に向かって笑いかけていたときからだね」

「声をかけてくれればいいだろ」

「だって。祖父江、一生懸命だったからさ。悪いだろ。邪魔したら」

祖父江は自分の顔が赤くなっていることを感じた。きっと、真っ赤になっているのに違いない。マッシモは祖父江の顔を覗《のぞ》き込んできた。

「祖父江がぼくの真似をする必要はないよ」

「聞いてたな、おまえ」

「聞いてたよ」

それがなに？　というように、マッシモは言った。

「祖父江は、たまに、すごくいい顔で笑うよ」

「俺、笑うか？」

「うん。ほら、このまえ、隣のおばあちゃんが腰がすっかりよくなったって聞いたとき、嬉しそうにしてたじゃない。あと、買い物に行ったときに、ベビーカーの赤ちゃんがこっちに手を伸ばして、ぼくと握手すると笑った。あとは、庭につがいの鳥が来て、木の実をつついているときとか」

「マッシモ」

祖父江は思わず、言ってしまった。

「おまえ、どんだけ俺のことを見てるんだよ」

「しょうがないだろ。愛してるんだから」

この、真正面からの言葉。ああ、やっぱりこいつには、かなわないなあと悔しいでもなく思う。

「うん……ありがとう……」

「どういたしまして。今日の祖父江は素直だね。そういうときって、ぐっとくるよ」

マッシモは祖父江の髪に口づけた。

彼の情愛が、髪をつたってしみこんできて、祖父江を揺らす。マッシモの唇や指は、きっと特別製なんだと祖父江は思う。言葉などという、不完全なものではなく、もっともっと、音楽よりも豊かに、高らかに恋情を歌いあげる。

自分の身体は、彼の一番のファンで、彼がこんどはなにをしてくれるのかと心待ちにしている。

口の端に、キスをされた。やわらかく、舌先で、口腔《こうこう》内の感じやすいところをくすぐられる。

「ん、ん……」

マッシモの舌に存分に撫でられたあと、求められているのだと、芯からわかるほどに熱く絡《から》みつかれる。下肢を強く合わせて、布下に膨らむ予感に、小娘みたいにはしゃいでいる。

マッシモの指が、伸びやかに胸で踊った。

一番感じやすい胸の尖りはすでにぷっくりと膨らんで、マッシモの指先を待ちわびているのに、彼は、そこではなく、周囲を回っているばかりなのだ。

「やだ、マッシモ。そこじゃ」

祖父江の懇願に、ようやくマッシモの指が、盛り上がった部分にからんできた。二本の指に挟まれ、節にこすられて、祖父江の足は立てなくなってくる。マッシモが低く、かがんできて、胸の先を口に含まれた。

舌でつぶされ、甘噛《あまが》みされる。

「……だめ……！」

こらえようとしたのに、渦巻き高まる波に逆らいようがなく、祖父江は達してしまい、床を汚す。

力の抜けた祖父江の腰を、マッシモが抱き寄せた。

「ねえ、祖父江のこと、もっともっと、かわいがらせて？」


翌日。

祖父江は足取り軽く、家を出た。マッシモといたした次の日は、いつも晴れ晴れとした気持ちになる。自分は意外と単純な人間らしい。

「まあ、いいか」

このグループ展が終わるまでのことなんだから。逆・こびとの靴屋を気にするのはやめよう。そう思ったのに、その日、とうとう、看過できない事態が起こった。

式部が竹のささくれで指にケガをしたのだ。

いつかおさまるだろうと、悠長に様子を見ている場合ではない。

幸いなことに、今夜はマッシモは泊まりだ。祖父江はいったん帰宅したものの、ひとりで作業場に帰ることにした。寝袋を持参して、夜通し見張るつもりだった。祖父江は、迷彩柄のジャンパーを着て、作業用の無骨なブーツを履いていた。マッシモが見たら、「そのダサい格好はなに？　ぼくのものである期間は、そんな服、絶対に許さないからね」と、言うこと間違いなしの服装だ。

作業場の、ほかのブースはまだ人がいるらしい。ここの学生は宵っ張りが多いのだ。

「ん？」

おかしい。きれいに片づけたはずなのに。どうしたことだろう。作業場番号二〇の通用口前には、段ボールが積まれてあった。

「しょうがないな。誰だ、こんなところに捨てるなんて」

もしかして、ほかの作業場の学生が置いていったんだろうか。次のリーダー会議のときに注意しないといけないな。そう思いながら、とりあえず、まとめるために足をかけて踏むと、その段ボールが「ぐえっ」と言った。

「え……?」

慌てて足をどける。

「祖父江さん、いきなり踏むなんて、ひどいなあ」

段ボールの下から、薄い銀色の、ちょうどアルミ箔《はく》のようなものにくるまった男が這《は》い出してきた。近沢だった。彼は、祖父江を恨みがましげにねめ上げた。

「近沢。おまえ、なにしてるんだ?」

祖父江がたずねると、段ボールをまとめながら近沢は言った。

「カムフラージュですよ。目的は、おそらくは、あんたと同じ。最近、おかしかったでしょう」

「……逆・こびとの靴屋のことか?」

「逆・こびとの靴屋?」

「あの童話では、寝たあとに靴を作ってくれるが、これは逆だから」

「ああ、なるほど」

近沢は納得している。

「いやらしいですよね。逆・こびとの靴屋」

通用口から中に入った。懐中電灯を外に光が漏れないように低く構えながら、祖父江は言った。

「まだ、逆・こびとの靴屋は来てないようだな」

「そうですね」

二人は、がさごそと片隅に「巣」を作り始めた。寒くないように、そして竹やガラス、金属の破片でケガをしないように注意して、段ボールを敷き、近沢はエマージェンシーブランケット、祖父江は寝袋にくるまる。

「祖父江さんが来てくれて助かりました。俺だけだと、中に入れなかったですからね」

「ずっと、あそこで待っているつもりだったのか？」

「とりあえず、今晩ぐらいは。今までもおかしいなあとは、思っていたんですけどね。じつは、俺も削ったはずのガラスの寸法が合わなかったり、チェックしたはずなのに端が欠けていたりしたんですよ。いちいち騒ぐのもあれなんで、言わなかったんですけど。やったのは、この中の誰かですよね」

「どうして、そう思う？」

近沢は、驚いたようだった。

「どうしてって聞きますか？　だって、それしか考えられないでしょう」

「……」

「決して、致命的ではない。けれど、イラッとくる妨害を仕掛けてくる。俺たちの普段の様子を見ていないと、なかなかこうはいかないですよ」

近沢は声を低めた。

「それで、どうなんですか。ほんとのところ」

ほんとのところの意味がわからず、目をしばたたかせる。近沢は言った。

「言っちゃってくださいよ。犯人、祖父江さんじゃないですか?」

まあ、違うと言っても、しょうがない。第一、鍵を持っているのは自分だ。現に人がいなくなった時間にここに来た。

「そういう考え方もできるな」

祖父江は納得した。

「怒らないんですか?」

「どうしてだ? なんで怒らなくてはならない?」

「だって、犯人かもしれないって疑われたんですよ? 普通は怒ると思うんですけど」

「それで言えば、きみだって疑われてしかるべきだろ。あそこでほかの作業場から人がいなくなるのを待っていたと、予想することもできる」

「あー、なるほど」

びしっと近沢は自分の額《ひたい》を叩いた。

「気がつかなかったな」

祖父江は笑いそうになっていた。

「これから、真犯人が来たら、お互いにかけた疑惑も晴れるんじゃないか」

「そうですね。で、犯人が、もし来なかったら？」

「そのときには、俺たちのどちらかが犯人だって可能性が高まる」

「違いない」

二人は押し黙った。祖父江は寝袋にくるまっていたのだが、うつらうつらとするたびに、窓から入ってくる明かりに近沢のエマージェンシーブランケットが反射して、目を覚ました。

「祖父江さん、寝ちゃいました？」

近沢が聞いてきた。

「いや……」

あくびをこらえながら返事をすると、近沢が、ためらっている気配がした。

「なんだ？」

聞きにくいことなのだろうか。

「なんで、あんな決まりを作ったんですか？　朝から夕方まで、なんて」

「だって、これが最後じゃないだろう？」

「はい？」

眠いせいもあって、とんちんかんなことしか言えなかった。

いつも、マッシモと話しているときには、彼がこちらの気持ちを汲《く》み取ってくれていたのだと、今さらながらに思い知っている。どう言えば伝わるのだろうと、冷や汗を流しながら、考えていると、「なにが最後じゃないんですか?」、近沢が助け船を出してくれた。

「作品を作っていくことだ。絵を描いたり、ステンドグラスを組んだり、金属板を曲げたり、竹をたわめたり、そういうことだ」

「まあ、そうっすね。ここにいるのは『好き』だけじゃないやつらですからね」

このグループ展「福袋」に参加しているのは、すでに仕事にしている者ばかりだ。

祖父江は、左側から、作業場の作品を指し示した。

「木田は企業とコラボした、バネの力を利用した名刺入れで、去年、デザイン賞をとっている。式部は竹という素材を知りつくし、小物から海外のホテルのロビーを飾るオブジェまで作成して、高い評価を得ている。それから、中野。父親が著名日本画家である中野は、自身もまた、日本画のホープだ。そして、近沢は、ステンドグラスでは、パリの教会から依頼が来た腕前だ。SNSを利用した売り方もうまい」

近沢が、そのあとを続けた。

「そして、祖父江芳明。油絵はもちろん、水彩もアクリルも墨絵《すみえ》も日本画も描く、オールマイティ。アルベスタ監督の映画で鮮烈デビューした、コンセプトイラストレーター。いまや、ハリウッドで引っ張りだこ」

「俺のことは、まあ、いい。とにかく、これから一生、仕事としてやっていくからには、自己管理が最大の業務になってくる。なにかを作るのは仕事じゃない。業《ごう》だ。おまえたちは、放っておけば、勝手に何か作るだろう」

「わかってらっしゃる」

やはり、この男はクレモンに似ている。軽さ、相手との絶妙な間合いの取り方。あの、誰にでも平等なマッシモが、クレモンになついているのもうなずける。

「おまえたちが、これから、やっていかなくてはならないのは、今までのような一発勝負の、言わば五十メートルプールを端から端に泳ぐことじゃない。それなら、息継ぎがいいかげんでも、めちゃくちゃなフォームでも、なんとか泳ぎ切ることができる。だけど、これからずっとやっていくなら、それじゃだめだ。言わば、マラソンであり、遠泳だ。何キロも泳いでいくためには、息継ぎとリズムが必要だ」

「案外、年寄りくさいこと、考えてたんですね」

祖父江はしばらく考えていたが、答えた。

「俺のようなことには、できたらなって欲しくないからな。俺は、自分でも気がついていない、先天性の脳血管異常があって、倒れたことがある。そのせいで休学することになったし、左足は今でも万全とは言いがたい」

「そうなんですか？　それって、おおごとじゃないですか。今は、平気なんですか？」

近沢は本気で驚いているようだった。

「ああ。だいぶいい」

「なんで、その話をしなかったんですか？　こういう経験をしているから、みなの健康を思って言っているって、伝えればいいのに」

「それは、俺の勝手な都合であって、おまえたちには関係ないことだろう？　わざわざ言わなくてもいいことだ」

「それそれ、そういうところですよ。同じ言葉であっても、どうして出てきたかによって、こちらの捉え方だってまるで違ってくるんです。こっちとしちゃ、そのバックグラウンドごと説明してもらわないと、勝手に解釈するしかなくなっちゃうでしょう」

マッシモにも、それはよく言われたな。言わないとわからない、どうしてなのって。

くすっと祖父江は笑った。

「笑ってるんですね」

「うん？」

「残念だな。めったに見られない、祖父江さんの笑ったところなのに。暗くて、よく見えない」

「別に見なくてもいいだろう。暗いから、言えるんだ。それに、きみは同居人の、フランス在住のおじに似ていて、話しやすいからな」

「えー、俺、そんな老けてますか？　バイト先じゃ、若いほうなのに」

「なんのバイトをしているのか、聞いてもいいか？」

「いいですよ。スムージースタンドなんです。健康的でしょ。イケメン揃いで、チップ上乗せすると、目当ての子がやってきてお話ししてくれるんです。俺、ナンバーワンなんですよ」

「不健康なんだか、健康的なんだか」

祖父江はよけいにおかしくなった。そういうところもクレモンにそっくりだ。

きゅっと、頬《ほお》をつねられた。

「なにする」

「しっ！」

手のひらで口を塞がれた。通用口の鍵が、開いた。懐中電灯の光が入ってくる。目を細めて、顔を見る。

中野だった。彼は中を窺《うかが》いながら、慎重に入ってくる。中野は祖父江の絵に近づいた。絵の具を手に取る。揃えておいた絵の具が乱された。近沢が立ち上がった。彼はささやいた。

「祖父江さんは、ドアを」

「俺が行く」

「あんたの足だと逃げられる恐れがある」

近沢にそう言われては引き下がらざるをえない。

「明かりをつけてくださいね」

祖父江は気をつけて、足音を立てないように通用口入り口のドアまで行った。慎重に、ゆっくりゆっくり、ドアノブにある鍵をかける。

それから、作業場の室内灯のスイッチを押す。

パッとあかりがついた。

「中野さーん」

近沢が、間延びした声を出した。

「こんばんはですー」

それはおそらく必要以上に中野を焦らせないようにという配慮だったのだろうが、無駄だった。中野は文字通り飛び上がると、ものすごい勢いで逃げ出した。

祖父江はその場で低く、頭を下げた。やみくもに突進してくる中野の胸ぐらに、レスリングの要領で頭を突っ込み、下半身のバネを使って一気に押す。

中野はその場で、仰向《あおむ》けに倒れた。中野の身体をぐるりとうつ伏せにすると、祖父江はジャケットの内ポケットからガムテープを出して、彼の手首を背中側でぐるぐると巻いた。

「ガムテープですか。いつのまに」

近沢が、祖父江の用意のよさに感心している。

「ヒモやロープでは緩んでくる。素人《しろうと》ならガムテープのほうがいいと、知り合いの探偵から教わった」

「探偵というパワーワードがチラつきますけど、まあ、いいでしょう。悪いけど中野さん、あっちの椅子《いす》に腰掛けてくれるかな？」

逆・こびとの靴屋こと、中野が椅子に座って手を後ろにして、悔しそうにこちらを見ている。その前に、祖父江と近沢は立っている。中野のポケットからは、スペアキーが出てきた。

祖父江は中野に訊《たず》ねた。

「最初にグループ展をもちかけたときから、こういうことをするつもりだったのか」

「違う」

そう、強く、中野は言った。

「最初はそんなこと、考えてなかったよ。おまえらの知名度を利用しただけだ。おまえらは俺の引き立て役だ。おまえらのほうだって、悪い話じゃなかったはずだろ。ある日、あの、おっちょこちょいの木田が足に工具を落としたとき、俺は感じたんだ。天罰だ、ざまあみろって。すごく気分がよかった」

天罰。

「なにが不満だったんだ？」

「リーダーに、俺を選ばなかった。アルファだからってだけで、祖父江をリーダーにした」

祖父江はあっけにとられた。

「そんなになりたいのだったら、遠慮せずに言ってくれればよかったのに。俺は、別になりたかったわけじゃない。決まったから、引き受けただけだ」

中野は吠えた。

「それじゃ、だめなんだよ！　俺にひれ伏して、お願いだから、優れたあなたにお願いしますって言ってくれないと」

近沢があきれている。

「あっちもだめ、こっちもだめ。おまえは、難儀なやつだなあ」

祖父江は、中野の前で腰を落とす。

「だからって、竹が刺さるようにするのは、いくらなんでもやり過ぎだ。少しイラッとさせるくらいなら、放っておくこともできたのに」

「信じてもらえないかもしれないが、式部さんのケガについては、不可抗力だ。俺はやってない。単に事故だ」

祖父江と近沢は目を見交わす。嘘を言っているようには見えない。

「それで、これから、どうしたい」

「好きな画《え》を描いて、ほめられたい！」

近沢が中野のクロッキー帳を開く。

「あー、こういうのね。嫌いじゃないわ」

黒い羽を生やした人間とか、ドレスの魔女とか、眼帯をした悪魔とか、やたら妖艶《ようえん》な天使とかが、クロッキー帳に乱舞している。

「俺は、そういうのが好きなんだ」

「じゃあ、それを描けばいいじゃないか」

「描けるか。馬鹿にされるのが目に見えている。誰も見ない。そんなの耐えられない！　俺は日本画の大家の息子なんだぞ。祖父江。おまえに、なにがわかる。おまえみたいな、幸運の星の下に生まれたアルファに！」

そう言われて、祖父江は目を白黒させた。

幸運？

「え、俺が、幸運……？」

それは、確かに大好きだった「委員長」こと、志藤《しとう》さゆみと両想いになれたことは、このうえない幸運だと感じていた。だが、その相手とは、あまりにも早く、鮮烈に、別れることになった。彼女の死から立ち直れたのは、僥倖《ぎょうこう》に過ぎない。

近沢が割って入る。

「見て欲しいなら、もっとそう言えばいいのに。SNSを使うとか」

近沢はSNSを使った宣伝が得意だ。彼が有名になったのは、人気漫画やアニメのワンシーンをステンドグラスで再現した動画を配信したからなのだ。そのステンドグラスを売ったわけではないので、版元からはお目こぼしになったらしい。

「近沢みたいに、ちーちゃかできっかよ」

近沢がムッとした。

「ちーちゃかで悪かったな。こちとら、一人親で、下に妹弟が三人いるんだよ。儲《もう》けるためなら、なんだって使うさ。アニメだろうと、漫画だろうと、有名教会だろうと、日本画家の息子だろうと。ネットで拡散してなにが悪い。顔出しして動画配信のなにが悪い」

中野もつらいだろう。やりたいことと、やっていることが乖離《かいり》している。それでは、永久に満足のいく答えは得られまい。祖父江は、静かに言った。

「おまえが、満足できる唯一《ゆいいつ》の方法を、俺は知っている。それは、おまえが自分の好きなことで、おまえに期待されているものを返すことだ」

「なにを、言っているんだ。そんなの、あるはずがないだろう」

「ある」

祖父江の声が厳しくなった。

「考えてみたのか？　それで言ってるのか？　違うだろう？　最初からあきらめているだけだ。おまえが悩んでいるのは、山があるからだ。あとは、道を見つけて越えるだけだ。それができるのは、山が見えているおまえだけだ」

警察を呼ぶことなく、中野と祖父江、近沢は和解した。

それからのグループ展の制作は、祖父江が驚くほどスムーズに行った。近沢が根回ししたらしく、木田が「健全な時間帯での作業」にそれ以上文句を言うこともなくなり、それどころか、終業時の鍵かけを申し出てくれた。

「だって、祖父江さん、自宅での作業もあるんでしょ？　大丈夫だって。他のみんなにもチェックしてもらって、鍵は近沢さんに預けるから」

式部は中野と自分たちに何かあったことを感づいたらしいが、何も言わなかった。淡々と竹に蒸気を当てて曲げ、組んでいった。

そして、グループ展「福袋」は、開催された。

二番目に大きな展示室を使わせてもらったのだが、天気にも恵まれ、盛況だった。

中野が描いたのは、地獄絵図の大判絵だった。日本の地獄でありながら、そこには彼のクロッキー帳にあったような、悪魔や魔女が右往左往している。じっと見ていると、そちらの世界に行ってしまいそうな、妙な迫力があった。

式部と木田は、巨大な鍛金の花と竹の籠の合作をすることにした。精緻《せいち》なだけに、そのまえに立つと、自分の大きさがこころもとなくなる出来だった。

祖父江は、学内の景色とメンバーの顔を油絵にして出品した。

近沢は、ステンドグラスを作ったのだが、それは彼にしてはおとなしい植物モチーフ……と思いきや、なんでも人気アニメを隠れモチーフにしているらしく、何人もの女性がやってきては、きゃあきゃあ言いながら撮影していた。

グッズ販売も好調だった。

式部は、竹で作った籠にワイヤープランツを合わせたもの。

木田は鍛金の紅茶缶。小さいものだが、上から押せば、板の張力でかっちり嵌《は》まる。

中野は地獄絵の絵はがきとお札のセットで、しゃれがきいていると、おみやげがわりに購入する人間があとをたたなかった。

近沢は、ステンドグラスをアクセサリーやバッグチャームにしたもの。言及はしていないが、やはりキャラクターをイメージした色合いになっているらしく、飛ぶように売れていった。

画集も早々に完売し、どうなることかと心配していた祖父江をほっとさせた。

会場で近沢が、ぱらぱらと、画集を手にしてめくっている。

「あ、それ」

「買ったんですよ。祖父江さん、こんな顔、するんですね」

言われて、見てみると、なるほど、著者近影の自分はずいぶんと穏やかな顔をしている。

これは家の縁側で、庭の魚の話をしているところなのだが、マッシモのほうは、カメラの背後になっていて、写っていない。

「すごい人と住んでるって、写真科のやつが言ってました」

「まあ、そうかな」

「どんな人なんですか？」

祖父江は考える。

「一言で表すと、王子……かな？」

「王子？」

その反応も無理はない。なんとフォローしたものかと悩んでいると、近沢の視線が祖父江の背後にうつり、「あ、なんか。王子、来た」と片言のように言った。

まばゆいものが、近づいてくる。

思いがけずに見たせいで、頭がついていかない。毛皮のコートに最高のスーツ。それを着こなしたマッシモだった。

「マッシモ……」

「祖父江、来ちゃった」

「来ちゃったじゃないよ！　こっちにも、心の準備ってものがあるんだから！　今日は、ドイツに出張じゃないのかよ」

「うん。今から行くよ。ミケーレに特別機を出してもらったから、平気」

マッシモはちらっと近沢を見て、にっこり笑った。

「祖父江がお世話になってます」

「いや……はい……」

彼は、しどろもどろの返答になっている。

「じゃあ、行くね。素晴らしいグループ展だったよ。あとで花を届けさせるから、飾ってね」

そう言うと、マッシモは、祖父江の頬にキスをして、去って行った。

「もう、いきなり来るから」

びっくりしたと言おうとして、メンバーがぼうっとマッシモの後ろ姿を見ていることに気がつく。

「王子……」

式部が言った。

「王子っているんだ……」

木田も唱和する。


グループ展は無事に終わった。

その打ち上げの席、居酒屋の座敷で、祖父江は全員にグループ展に出品した、おのおのの絵をプレゼントする。

「おまえ、いいのか?」

中野が驚いている。

「うん。持て余すようだったら、捨ててくれてもいい」

「持ってるよ!」「持ってますよ!」と、同時に言ったのは、木田と式部だ。

「これを、俺がオークションで売ったら、どうするんですか?」

近沢が言った。

「どうもしないけど……売るのか?」

彼は、ぶんぶんと頭を振った。

「売らないですよ!」

「みんなを描けて、楽しかった。ありがとう」

そう言うと、感極まったように、みなが祖父江に突進してくる。

「気にくわないおまえだけど、ありがとう!」

「私、朝に起きることにしたから!」

「すごい、楽しかったよー」

近沢だけが、となりでチューハイを飲んでいる。

「近沢……?」

「祖父江さんには、王子がいますからね。なれなれしくすると、そこらから出てきそうで」

「まさか」と言いつつ、マッシモだったらあり得そうだ。

「このまえのグループ展のときだって、王子は、俺に釘《くぎ》を刺すためにわざわざ寄ったんですよ。愛されてるんですね」

祖父江は応じる。

「俺は、あいつのものだからな」

「お熱いことで」

「一千万と千六百二円で、買われたんだ」

近沢が頭を抱えた。

「あんたたちの事情は、俺にはわからないんですが……まあ、仲良くどうぞ」

「なんだ、それは。本当のことなのに」

ああ、今、自分は笑っているな。そう、祖父江は思った。

いい感じに笑っている。こんなときが、一年に何回か、花咲くようにあればいい。そうだろう、マッシモ。

あとがき

こんにちは、ナツ之えだまめです。

読んでくださり、ありがとうございます。


さてさて、本作は『蜜惑オメガは恋を知らない』『愛罪アルファは恋にさまよう』『巡恋アルファは愛に焦がれる』に続く、シリーズ四作目にあたります。

カステリーニの跡継ぎ、無敵のマッシモが主人公です。

懐かしのあの人なんかも出てきます。


それにしても、今回はマッシモのお相手が見えてこず、ちょうどプロットがお正月にかかり、悶々としながら年を越しました。

(担当さんはもっと、気が気じゃなかったと思います。信じて待つ、というのは、口で言うほど、たやすいことじゃないですから)

おせちを噛みしめながらも、ひたすら、マッシモの相手のことを考えてました。とにかく、彼の愛する人が、普通にオメガじゃないことだけは、薄々勘づいていたのですが……──、ほんとに見えない！

彼方の「マッシモの相手が宇宙人とか、魔法使いとか、古代のひととかじゃなくてよかった」に、完全に同意です。

マッシモの相手が見えなかったときには、まじめにそう考えてましたから。

異世界に飛んで、龍の一族の末裔とくっつくとか、異次元から来た超能力男子ととか、地球人とはるか昔にたもとを分かった宇宙人かもとか、そういうのしか浮かばなくて、ずっと模索していました。

担当さんから、「しだいに時代が進んで、アルファとオメガのマッチングシステムも変化してるんじゃないんですかね」と言われて、そこで「ミケーレにやいのやいの言われてむくれるマッシモ」が浮かび、そのほころびみたいなところから、相手のことが浮かんできました。

祖父江芳明。

彼をつかんでから、ようやく話が動き始めました。

カールトン校のモデルにしたのは、英国のパブリックスクールです。最近では、共学のパブリックスクールも多いのですが、やはりそこは、男子校ですよね。男の子しかいない、気楽さと、ライバル心と、切磋琢磨の日々。マッシモにとって、かけがえのない日々となったことでしょう。

そのマッシモと祖父江を、アルファらしく、かっこよく描いて下さった金ひかる先生。ほんとうにありがとうございました。

担当のAさん、私といっしょに悩ませてしまってすみません&感謝です。

そして、なによりも読んで下さる読者さんに、深くお礼申し上げます。

楽しんでいただけていますように祈りつつ。

また、次のお話でお目にかかりましょう。

ナツ之えだまめ

haracter Rough

15歳時の二人
二人ともアルファなので
体は背が大きい感じかな
顔は少年ぽい
Massimo
sofne

✦初出　アルファ同士の恋はままならない……………書き下ろし
仏頂面の恋人…………………………………書き下ろし

ナツ之えだまめ先生、金ひかる先生へのお便り、本作品に関するご意見、ご感想などは
〒151-0051 東京都渋谷区千駄ヶ谷 4-9-7
幻冬舎コミックス　ルチル文庫「アルファ同士の恋はままならない」係まで。

幻冬舎ルチル文庫

アルファ同士の恋はままならない

2020年8月20日　　第1刷発行

✦著者　ナツ之えだまめ　なつの えだまめ

✦発行人　石原正康

✦発行元　株式会社 幻冬舎コミックス
〒151-0051 東京都渋谷区千駄ヶ谷 4-9-7
電話 03(5411)6431 [編集]

✦発売元　株式会社 幻冬舎
〒151-0051 東京都渋谷区千駄ヶ谷 4-9-7
電話 03(5411)6222 [営業]
振替 00120-8-767643

✦印刷・製本所　中央精版印刷株式会社

✦検印廃止

ISBN978-4-344-84704-0　C0193　Printed in Japan